Todo lo que deseo
CATHERINE MANN

Editado por HARLEQUIN IBÉRICA, S.A.
Núñez de Balboa, 56
28001 Madrid

© 2011 Catherine Mann. Todos los derechos reservados.
TODO LO QUE DESEO, N.º 1831 - 18.1.12
Título original: Billionaire's Jet Set Babies
Publicada originalmente por Harlequin Enterprises, Ltd.

Todos los derechos están reservados incluidos los de reproducción, total o parcial. Esta edición ha sido publicada con permiso de Harlequin Enterprises II BV.
Todos los personajes de este libro son ficticios. Cualquier parecido con alguna persona, viva o muerta, es pura coincidencia.
® Harlequin, Harlequin Deseo y logotipo Harlequin son marcas registradas por Harlequin Books S.A.
® y ™ son marcas registradas por Harlequin Enterprises Limited y sus filiales, utilizadas con licencia. Las marcas que lleven ® están registradas en la Oficina Española de Patentes y Marcas y en otros países.

I.S.B.N.: 978-84-9010-255-8
Depósito legal: B-39034-2011
Editor responsable: Luis Pugni
Fotomecánica: M.T. Color & Diseño, S.L. Las Rozas (Madrid)
Impresión en Black print CPI (Barcelona)
Fecha impresion para Argentina: 16.7.12
Distribuidor exclusivo para España: LOGISTA
Distribuidor para México: CODIPLYRSA
Distribuidores para Argentina: interior, BERTRAN, S.A.C. Vélez Sársfield, 1950. Cap. Fed./ Buenos Aires y Gran Buenos Aires, VACCARO SÁNCHEZ y Cía, S.A.
Distribuidor para Chile: DISTRIBUIDORA ALFA, S.A.

Capítulo Uno

Desde que creara su propia empresa de limpieza de aviones privados, Alexa Randall había encontrado un sinfín de objetos que la gente se dejaba olvidados, y había de todo. La mayoría de las veces eran cosas como por ejemplo un *smartphone*, una *tablet*, una carpeta, un reloj… Siempre se aseguraba de hacérselos llegar a su dueño. Pero también había encontrado cosas más comprometidas, como unas braguitas, unos boxers, y hasta algún juguete erótico. Todas esas cosas las recogía con unos guantes de látex y las tiraba a la basura.

Sin embargo, el hallazgo de ese día marcaría un hito en la historia de A-1 Servicios de Limpieza de Aviones Privados. Nunca antes alguien se había dejado un bebé a bordo. Bueno, dos en aquel caso.

Al verlos, se le cayó al suelo el cubo en el que llevaba los productos de limpieza, y aquel golpe seco sobresaltó a los pequeños, que dormían hasta ese momento. Sí, dos niños gemelos, con el pelito rubio y rizado y mofletes de querubín. Los niños debían tener más o menos un año y a juzgar por la ropita azul y rosa que llevaban respectivamente debían ser niño y niña.

Estaban sentados en sendas sillitas de bebé sobre un sofá de cuero a un lado del avión, el avión privado de Seth Jansen, el dueño de Aviones Privados Jansen. El mismo que se había hecho millonario al inventar un mecanismo de seguridad con el que prevenir atentados terroristas en los despegues y los aterrizajes.

Si conseguía añadirlo a su cartera de clientes su pequeña empresa de limpieza despegaría, pero para eso tenía que lograr impresionarlo con su trabajo.

Los niños parpadearon y se movieron un poco, pero al cabo de unos segundos volvieron a quedarse dormidos. Alexa se fijó en un papel que había enganchado en el bajo del vestidito de la niña con un imperdible. Se inclinó hacia delante y entornó los ojos para leerlo.

Seth, siempre has dicho que querías pasar más tiempo con los gemelos, y ahora tienes la oportunidad de hacerlo. Perdona que no haya podido avisarte con tiempo, pero es que un amigo me ha sorprendido invitándome a una estancia de dos semanas en un spa. Disfruta ejerciendo de papá con Olivia y Owen.
Besos y abrazos, Pippa.

¿Pippa? Alexa se irguió espantada. ¿Pippa Jansen, la ex de Seth Jansen? Aquello era surrealista. Alexa se metió las manos en los bolsillos del pantalón, unos chinos de color azul oscuro que eran, junto con el polo azul, que llevaba el logo de la compañía, el uniforme de A-1.

¿Qué mujer firmaría una nota con «besos y abrazos» a un hombre del que se había divorciado y que, por lo que daba a entender, no se preocupaba en absoluto de sus hijos? Anonadada, Alexa se dejó caer en un sillón frente a los pequeños pasajeros. ¡No podía creerse que hubiese podido ser tan insensible como para dejar a sus hijos en el avión privado de su exmarido sin haberle dicho nada!

Los ricos jugaban según sus reglas, una triste realidad que ella conocía demasiado bien porque se había criado en ese mundo. La gente le había dicho muchas veces lo afortunada que había sido su infancia. ¿Afortunada de haber tenido una niñera con la que había pasado más tiempo que con sus padres? Lo mejor que le había pasado en la vida era que su padre hubiese llevado a la ruina la empresa familiar. Lo único que le había quedado a Alexa había sido un fondo fiduciario de su abuela con 2000 dólares, que había invertido en hacerse socia de una empresa de limpieza que estaba a punto de irse a pique por la dueña, Bethany, una mujer ya mayor que no podía seguir cargando con todo el trabajo ella sola. Alexa había recurrido a sus contactos y había conseguido revitalizar el negocio.

Su ex, Travis, se había mostrado horrorizado al conocer su nueva ocupación, y se había ofrecido a ayudarla pasándole una pensión para que no tuviera que trabajar, pero Alexa había declinado sin dudar su ofrecimiento. Prefería fregar suelos y limpiar inodoros a depender de él.

Cuando otra empresa la había llamado para subcontratar la suya para encargarse de la limpieza de uno de los aviones privados de Jansen apenas había podido creer que hubiese tenido tan buena suerte.

Pero ahora que se había encontrado con «aquello», tenía un serio problema. No podía ignorar a esos dos bebés y seguir limpiando.

Tendría que llamar a seguridad, y a la ex de Jansen podían meterle un buen puro, y posiblemente también a Jansen. Y ella perdería la oportunidad que llevaba tanto tiempo esperando. Tenía que localizar al padre de los gemelos cuanto antes.

Tomó el móvil y buscó el número de Aviones Privados Jansen. Lo tenía porque llevaba casi un mes intentando conseguir una entrevista con Jansen, pero sólo había logrado que su secretaria accediera a pasarle el folleto de A-1 con su propuesta.

Miró a los pequeños, que seguían durmiendo plácidamente. En fin, tal vez surgiera algo bueno de aquello si conseguía hablar con Jansen, sólo que no sería como había planeado, y dudaba que estuviese muy receptivo cuando supiese el motivo de su llamada.

—Aviones Privados Jansen; espere un momento por favor —le contestó una voz femenina, y la dejó en espera con una música de fondo.

Un ruidito llamó su atención, y al alzar la vista vio que Olivia, la niña, estaba removiéndose en su sillita, dando patadas, acababa de tirar al suelo su mantita y poco después le siguió un zapato. Justo en ese momento la pequeña escupió el chupete y empezó a lloriquear, despertando a su hermano, que parpadeó y contrajo el rostro. A los pocos segundos se le había contagiado el llanto de su hermana.

Sin apartar el móvil de su oído, Alexa intentó tranquilizarlos.

–Eh, pequeñines, no lloréis –les dijo–. Supongo que tú debes de ser Olivia –le dijo a la niña, haciéndole cosquillas en el pie descalzo. Ésta dejó de lloriquear y se quedó mirándola. Su hermano se calló también, para alivio de Alexa–. Y tú eres Owen, ¿a que sí? –le dijo al niño, acariciándole la tripita–. Ya sé que no me conocéis, pero hasta que aparezca vuestro padre tendréis que confiar en mí.

Recogió del suelo la mantita, la dobló y la dejó sobre el sofá antes de peinar con la mano los rizos de Owen, que estaba empezando a inquietarse de nuevo, mientras volvía a escuchar por cuarta vez la misma melodía en el teléfono.

¿Y si los niños se ponían a llorar otra vez o les entraba hambre? Abrió la cremallera de la bolsa de tela y se puso a inspeccionar su contenido. Leche en polvo, potitos, pañales... Con suerte quizá la tal Pippa hubiese dejado alguna dirección de contacto en caso de que el padre no se presentara.

El ruido metálico de pisadas en la escalerilla del avión la hizo incorporarse y volverse justo en el momento en que un hombre aparecía en el umbral de la puerta. Era alto y ancho de espaldas, pero como estaba a contraluz no podía verle la cara. De manera instintiva, Alexa se colocó delante de los niños en actitud de protección y luego cerró el teléfono.

–¿Puedo ayudarle en algo?

El hombre se adentró un poco más, hasta que las luces del techo iluminaron su rostro. Alexa lo reconoció de inmediato, porque había estado buscando información sobre su compañía en Internet y había visto algunas fotos: Seth Jansen, fundador y presidente de Aviones Privados Jansen.

Las piernas le flaquearon de alivio; ya no tendría que preocuparse por qué hacer con los niños. Aunque quizá no fuera sólo de alivio. El tipo era aún más guapo en persona. Debía medir un metro noventa y el traje gris que llevaba, y que tenía toda la pinta de ser caro y hecho a medida, resaltaba su cuerpo musculoso. De pronto, a Alexa le pareció como si el espacioso interior del avión hubiese encogido.

Su cabello rubio oscuro tenía algunas mechas más claras, por efecto del sol, como atestiguaba también su piel morena. Además, olía a aire fresco no a *aftershave*, a colonia y a puro, como su padre y su ex, se dijo arrugando la nariz al recordar esos olores.

Incluso sus ojos evocaban la naturaleza. Eran del mismo verde que las aguas del Caribe que bañaban la costa de la isla de San Martín, al este de Puerto Rico, donde había estado una vez. Ese verde brillante que hacía que uno quisiese zambullirse de cabeza para explorar sus profundidades. Se estremeció de imaginarse nadando por esas aguas cristalinas y se reprendió por estar pensando esas cosas tan poco apropiadas y mirando boquiabierta a aquel hombre como si fuese una divorciada hambrienta de sexo. Que era lo que era en realidad.

–Ah, señor Jansen. Buenas tardes –lo saludó–. Soy Alexa Randall, de A-1 Servicios de Limpieza de Aviones Privados.

Él se quitó la chaqueta y, al fijarse en que llevaba el cuello de la camisa desabrochado y la corbata aflojada, a Alexa le hizo pensar en un nadador olímpico confinado en un traje de ejecutivo.

–Ya veo –dijo él. Miró su reloj–. Sé que llego pronto, pero es que tengo que salir lo antes posible, así que si pudiera darse un poco de prisa, se lo agradecería.

Y pasó por delante de ella y de los niños, sus niños, sin mirarlos siquiera. Alexa se aclaró la garganta.

–¿Sabía que va a tener compañía en el viaje?

–Se equivoca usted –respondió él, guardando su maletín en un compartimento sobre el asiento en el que había dejado su chaqueta–. Hoy viajo solo.

–Pues me temo que ha habido un cambio de planes.

Seth giró la cabeza para mirar a Alexa Randall. Sí, sabía quién era aquella guapa rubia, pero no tenía tiempo y no estaba interesado.

–¿Le importaría decirme de qué habla?

Tenía menos de veinte minutos para ponerse en camino desde Charleston, Carolina del Sur, a San Agustín, en Florida. Tenía una reunión de negocios para la que llevaba seis meses preparándose, una cena con los Medina, una familia real que vivía en el exilio en los Estados Unidos. Un buen negocio si la cosa salía bien; una oportunidad única, de las que sólo se dan una vez en la vida.

Le daría la libertad necesaria para volcarse más en la filial filantrópica de su compañía. Libertad... una palabra que había adquirido para él un significado muy distinto en comparación con los días en los que había pilotado un avión fumigador en Dakota del Norte.

–Le estoy hablando de... esto.

Alexa le tendió un papel y se hizo a un lado, dejando al descubierto a... ¡sus hijos! Tomó el papel y lo leyó. ¿Qué? ¿En qué diablos estaba pensando Pippa dejándole a los gemelos así? ¿Cuánto tiempo llevaban allí? ¿Y por qué diablos no lo había llamado en vez de dejarle una nota, por amor de Dios?

Sacó el móvil del bolsillo de su chaqueta y la llamó, pero de inmediato le saltó el buzón de voz. Sin duda estaba evitándolo. Justo en ese momento le llegó un mensaje. Lo abrió, y todo lo que decía era:

Kería asegurarme d k lo supieses. Te dejo a los gmlos en el avión. Perdona x no decírtelo antes. Bsos.

–¿Qué diablos...? –Seth se contuvo antes de soltar una palabrota delante de los niños, que estaban empezando a aprender a decir sus primeras palabras. Guardó el teléfono y se volvió hacia Alexa–. Perdone que mi ex le haya obligado a hacer de niñera. Naturalmente le pagaré un extra. ¿No se fijaría usted en qué dirección se fue? –le preguntó.

–Su exmujer no estaba aquí cuando llegué. He intentado llamarlo a su oficina –respondió Alexa levantando su móvil–, pero su secretaria no me dejó decir una palabra y me puso en espera hasta que ha aparecido usted. Si llega a tardar un poco más habría tenido que llamar a seguridad y habría venido alguien de los servicios sociales y...

A Seth se le estaba revolviendo el estómago de sólo pensarlo y alzó una mano para interrumpirla.

–Gracias, es suficiente; ya me hago una idea de lo que habría pasado.

A Seth le hervía la sangre. Pippa había dejado solos a los niños dentro de un avión en su aeropuerto privado. ¿Y cómo la había dejado subir allí el personal de seguridad? Probablemente porque era su ex. Allí iban a rodar cabezas. Estrujó la nota de Pippa y la arrojó. Luego se relajó para no asustar a los pequeños, y desabrochó el cinturón de la sillita de Olivia.

–Eh, ¿qué pasa, princesa? –dijo levantándola muy alto para hacerla reír.

La niña dio un gritito, entusiasmada, y cuando sonrió Seth vio que le había salido un diente. Olía a melocotón y a champú de bebé, y no había tiempo suficiente para darse cuenta de todos los cambios que parecían sucederse día a día en sus hijos.

Quería a sus hijos más que a nada en el mundo, desde el instante en que los había visto moviéndose en una ecografía. Había sido una suerte que Pippa le hubiese dejado estar presente el día en que habían nacido, teniendo en cuenta que ya entonces había empezado el procedimiento de divorcio. Detestaba no poder estar cada día con ellos, perderse los momentos importantes, por pequeños que fueran.

Alargó la mano y le revolvió el cabello a Owen.

–Eh, chavalín, os he echado de menos.

Lo tomó en brazos también y se dijo que tenía que mantener la cabeza fría. Enfurecerse no le serviría de nada. Tenía que averiguar qué iba a hacer con sus hijos. No podía llevárselos con él.

En la época en la que se había mudado a Carolina del Sur había sido un idiota de remate que se había dejado deslumbrar por el lujo. Así fue como se había acabado casado con su ex. Se había criado con unos valores sencillos, en un entorno rural, pero había perdido aquellos valores cuando había ido en busca de playas y fortuna.

Ahora vestía aquellos trajes de chaqueta y corbata en los que se sentía prisionero, y ansiaba los momentos de soledad que le proporcionaban esos vuelos de un lugar a otro. Sin embargo, había aprendido que, si quería hacer negocios con cierta gente, tenía que vestirse de acuerdo con el papel que tenía que representar y aguantar las pesadas reuniones de negocios. Y aquel posible acuerdo con la familia Medina era muy importante para él. Miró su reloj y dio un respingo. Debería haber salido ya.

–¿Le importaría sujetar un momento a mi hijo mientras hago unas llamadas? –le pidió a Alexa.

–No, por supuesto que no.

Alexa extendió los brazos, y cuando Seth le pasó al pequeño le rozó sin querer un seno con la mano. Era un seno blando y tentador. Aquel simple y breve roce accidental lo excitó de un modo inesperado.

Alexa gimió como si le hubiese dado una descarga eléctrica. Lo mismo que le había pasado a él.

Olivia apoyó la cabecita en su hombro con un bostezo, devolviéndolo a la realidad. Era un padre con responsabilidades. Pero también era un hombre. ¿Cómo podía ser que no se hubiese fijado en el atractivo de aquella mujer al subir al avión? ¿Tanto lo había cambiado el ser rico que estaba empezando a ignorar a quienes estaban por debajo de él? Aquel pensamiento lo incomodó, pero también hizo que mirara a Alexa con más detenimiento.

Llevaba el cabello, de un rubio claro, recogido con un sencillo pasador plateado, y vestía unos pantalones de color azul oscuro y un polo azul claro que hacía juego con sus ojos. No le quedaba ajustado, pero tampoco disimulaba sus curvas.

En otras circunstancias le habría pedido su teléfono, la habría invitado a cenar en uno de los ferris que recorrían el río, y la habría besado bajo el cielo estrellado hasta dejarla sin aliento. Pero ya no tenía tiempo para citas románticas; el trabajo lo mantenía muy ocupado y estaban también sus hijos.

Sus ojos se posaron en el logotipo que llevaba impreso el polo de Alexa, el mismo que llevaba el papel de la carta de presentación que le había enviado con el folleto informativo de su pequeña empresa, A-1 Servicios de Limpieza de Aviones Privados.

–Sí, le envié una carta ofreciéndole nuestros servicios –le dijo ella enarcando una ceja cuando él levantó la cabeza–. Supongo que ése será el motivo por el que estaba mirando mi polo, ¿no?

–Evidentemente; ¿por qué iba a mirarlo sino? –respondió él con aspereza–. Debería haber recibido una respuesta de mi secretaria.

–La he recibido, y cuando no tenga tanta prisa le agradecería que me concediese una entrevista, porque si no es molestia querría que me explicase los motivos por los que ha rechazado mi propuesta.

–Le ahorraré tiempo y me lo ahorraré a mí también: no me interesa correr riesgos con una compañía tan pequeña como la suya –le dijo él.

Alexa lo miró con los ojos entornados.

–No leyó mi propuesta hasta el final, ¿verdad?

–La leí hasta que mi intuición me dijo que dejara de leer.

–¿Y se dejó llevar por su intuición?

–Así es –respondió él, con la esperanza de que su respuesta pusiera fin a aquella incómoda situación. De pronto, lo asaltó una sospecha–. ¿Y cómo es que está usted limpiando en vez de alguien de la compañía con la que tengo contratado el servicio de limpieza?

–Nos han subcontratado porque no daban abasto, y obviamente no iba a rechazar una oportunidad para impresionarlo –le dijo.

Parecía que no se había achantado a pesar de que hubiera rechazado su propuesta, pensó él. Guapa y arrogante; una combinación peligrosa.

–Ya, bueno, si no le importa tengo que hacer esas llamadas –respondió sacando de nuevo el móvil.

–Entonces no lo molestaré –dijo Alexa. Metió la mano en la bolsa de tela con las cosas de los bebés y sacó dos tortas de arroz. Le dio una a Owen y otra a Olivia–. Así estarán callados mientras habla.

Owen se puso a mordisquear su torta mientras los dedos de su otra mano se enredaban y tiraban del pelo de Alexa, que curiosamente ni se quejó.

Seth marcó el número de su ex… y volvió a saltarle el buzón de voz. Luego se puso a llamar a varios familiares, pero cinco llamadas después no había conseguido que alguien accediera a ayudarlo.

Claro que las excusas eran convincentes: su prima Paige tenía a sus dos hijas con amigdalitis; su primo Vic le había dicho que su esposa acababa de dar a luz a su tercer hijo… ¡Pero él tendría que haber salido hacía ya cinco minutos!

Mientras le daba vueltas a todo vio a Alexa colocarse a Owen en la cadera como si fuera algo cotidiano. Era evidente que se le daban bien los niños. De pronto se le ocurrió una idea. Quizá fuera absurda, pero no tenía demasiadas opciones.

Aunque le había dado a entender a Alexa que se había leído su propuesta por encima, no era cierto. El espíritu emprendedor de la joven, que había logrado revivir una empresa moribunda, captó su interés, pero su instinto le dijo que no era el momento de arriesgarse. No cuando su negocio estaba expandiéndose. Necesitaba una agencia de servicios de limpieza consolidada, aunque le costase más dinero.

Pero dejando eso a un lado, lo que necesitaba en ese momento era una niñera. Alexa parecía una persona responsable y de confianza, y saltaba a la vista que se manejaba bien con los niños. Era como si hubiese caído del cielo. Tomada la decisión, se lanzó.

–Tengo una propuesta para usted. Si viaja con los niños y conmigo a San Agustín y hace de niñera las próximas veinticuatro horas, le dejaré que me exponga su propuesta en detalle –le dijo Seth–. No voy a cambiar de opinión, pero le explicaré por qué la rechacé. Podría serle útil si quiere hacerle una propuesta similar a otras empresas. E incluso estoy dispuesto a darle unos cuantos contactos; muy buenos contactos. Y le pagaría bien, por supuesto: la paga de una semana por un día de trabajo.

Ella lo miró suspicaz.

–¿Veinticuatro horas haciendo de Mary Poppins a cambio de consejos y unos cuantos contactos?

–Creo que podré encontrar una persona que se ocupe de los niños en veinticuatro horas pero entre tanto me haría un gran favor.

Tiempo atrás habría añadido para sus adentros que también le bastaban veinticuatro horas para seducir a una mujer, pensó recorriendo las curvas de Alexa con la mirada. Lástima que no pudiese aprovechar aquel viaje para desempolvar esa habilidad.

–¿Y se fía de dejar a sus niños con una extraña? –inquirió ella en un tono que rezumaba desdén.

–¿Le parece que éste es el momento adecuado para criticarme como padre?

–Podría llamar a una agencia para que le manden a una niñera.

–Ya lo he pensado, pero tengo que salir cuanto antes y es imposible que puedan mandarme a alguien a tiempo y puede que a mis hijos no les guste la persona que manden, y con usted en cambio parece que están a gusto –le respondió Seth–. Además, sé quién es usted –incapaz de resistirse, tocó con el dedo el logotipo del polo de Alexa, justo encima del pecho. Fue un instante, pero casi le pareció que iba a salir una llama de su dedo–, y creo que es una persona en la que se puede confiar.

Alexa vaciló un momento.

–Bueno, mañana es mi día libre –murmuró pasando una mano por el logo, como si el contacto de su dedo permaneciese–. ¿De verdad me escuchará para aconsejarme, y me recomendará a otros?

–Palabra de honor –le dijo él, sonriendo.

–Antes de darle una respuesta, quiero que sepa que no pienso darme por vencida, seguiré intentando convencerlo para que contrate mis servicios.

–No tengo inconveniente en que lo haga.

Seth estaba seguro de haberle hecho una oferta lo bastante tentadora como para que aceptara, pero necesitaba una respuesta ya.

–Tengo que marcharme dentro de un par de minutos, así que si va a rechazar mi propuesta le agradecería que me lo dijera ya para poder buscar a otra persona –la presionó.

–De acuerdo –respondió ella–, trato hecho. Llamaré a mi socia para decírselo y…

–Estupendo –la cortó él–, pero después de que hayamos sentado a los niños. Ponga a Owen en su sillita y abróchele el cinturón –dijo mientras él hacía lo propio con Olivia.

Alexa obedeció, aunque aturdida.

–¿Pero dónde está el piloto? –inquirió alzando la vista hacia él mientras abrochaba a Owen.

Seth la miró y no pudo evitar preguntarse cómo sería ver esos ojos azules ardiendo de deseo. No iba a resultarle fácil concentrarse durante las próximas veinticuatro horas con aquella atractiva mujer a su lado, pero sus hijos eran su máxima prioridad.

–¿El piloto? –respondió con una sonrisa divertida–. El piloto soy yo.

Capítulo Dos

A Alexa le dio un vuelco el estómago y rezó para que llegaran sanos y salvos a su destino. Después de borrar cuatro llamadas perdidas de su madre y dejarle un mensaje a su socia, Bethany, Alexa apagó el móvil y se abrochó el cinturón de seguridad mientras Seth entraba en la cabina. Si el tipo tenía su propia compañía de aviones parecía lógico que supiese pilotar, se dijo. ¿Por qué entonces estaba nerviosa?

Porque aquel hombre la había descolocado, se respondió. Lo que le había ofrecido era inesperado, y hasta indignante, pero se dijo que no podía dejar pasar una oportunidad así. Lo que tenía que hacer era inspirar profundamente, relajarse, y concentrarse en encontrar la manera de hacer cambiar de opinión a Seth Jansen respecto a su propuesta.

Respecto a que pilotara él mismo el avión… había pensado que un hombre tan rico como él tendría a alguien que pilotara mientras él se tomaba una copa y leía los periódicos.

Observó a Seth, que había dejado abierta la puerta de la cabina mientras se preparaba para el despegue. Lo vio ajustar el micrófono de los auriculares mientras hablaba, comunicándose con la torre de control mientras ponía los motores en marcha.

El avión se deslizó fuera del hangar, y pasaron por delante de otros aviones hasta llegar a la pista. Los motores rugieron con más fuerza.

–Gulfstream Alpha a torre de Charleston. Dos, uno... Recibido... Preparado para el despegue...

La confianza con que Seth se desenvolvía ante los controles hizo que Alexa se relajara. Miró a los bebés, sentados uno a su izquierda y otro a su derecha, los pequeños que estarían a su cargo durante las próximas veinticuatro horas. Sintió una punzada en el pecho al pensar en lo que podía haber sido y no fue. Su matrimonio con Travis había sido un desastre. Aunque por una parte se había sentido aliviada de que no hubieran tenido hijos que habrían sufrido con su ruptura, por otra le habría gustado tenerlos.

El avión comenzó a elevarse hacia el cielo. Olivia y Owen se removieron inquietos en sus asientos, y Alexa alcanzó la bolsa de tela, por si acaso. ¿Tendrían hambre, querrían un juguete? Esperaba que no necesitaran aún que les cambiara el pañal, porque no podría hacerlo hasta dentro de un rato. Por suerte, justo cuando el pánico empezaba a apoderarse de ella, el ruido de los motores consiguió calmarlos y al poco volvieron a dormirse.

Dejó la bolsa en el suelo y se quedó mirando por la ventanilla, se veía que estaban dejando Charleston atrás. También atrás quedaba su apartamento vacío, y el teléfono que ya apenas sonaba porque después del divorcio sus amigos habían dejado de llamarla.

Las agujas de las iglesias salpicaban la ciudad, que se alzaba junto al junto al mar. Después de arruinarse sus padres se habían mudado a Boca Ratón para empezar de cero lejos de los rumores. ¡Qué irónico que las reservas que sus padres tuvieron en un principio respecto a Travis hubiesen resultado completamente erradas! Le habían insistido en que firmara un acuerdo prematrimonial. Ella se había negado, pero Travis le aseguró que no le importaba y firmó los papeles.

Alexa creyó que finalmente había encontrado al hombre de sus sueños, a un hombre que la quería de verdad.

Teniendo en cuenta que su padre había dejado a la familia sin un céntimo, podrían haberse ahorrado lo del acuerdo. Para cuando Travis y ella habían roto, él no había querido saber nada más de ella, de su familia, ni de lo que él llamaba su «obsesión por la limpieza».

El modo en que Travis parecía haberse desenamorado de ella de la noche a la mañana había sido un golpe a su autoestima del que le había costado bastante tiempo recuperarse. Ni siquiera podía echarle la culpa de su ruptura a otra mujer. Jamás dejaría que otro hombre volviese a tener el control sobre su corazón.

Razón de más para impulsar su pequeño negocio de limpieza y afianzar su independencia económica. No tenía nada más que eso, aparte de un montón de facturas por pagar, y una vida que reconstruir en su querida ciudad. Y por eso estaba allí, subida a un avión privado en dirección a San Agustín, con un extraño y dos adorables bebés. La costa se veía minúscula ahora que habían alcanzado más altitud.

–Alexa, querría…

La voz de Seth hizo que apartara la vista de la ventanilla, y al verlo de pie en el umbral de la cabina el estómago le dio un vuelco.

–¿No debería estar pilotando?

–He puesto el piloto automático –respondió–. Ya que los niños se han dormido me gustaría que viniera a la cabina para que charlemos. No tardaremos mucho en llegar, pero tendremos la oportunidad de hablar un poco más en profundidad de lo que espero de usted mientras estemos en San Agustín.

Alexa se fijó en que estaba mirándola con los ojos entornados, como analizándola. Aunque le hubiera ofrecido aquel trato antes de que salieran, era evidente que pretendía saber más de ella antes de dejarla al cuidado de sus hijos.

Se desabrochó el cinturón, fue hasta donde estaba Seth, y se detuvo, esperando a que volviera a su asiento frente a los mandos. Sin embargo, se quedó allí de pie, inmóvil, mientras sus ojos verdes la escrutaban. Alexa sintió un cosquilleo y un impulso repentino de apretarse contra su torso, contra aquel recio muro de músculos. Se estremeció y él sonrió de un modo arrogante, como si se diera perfecta cuenta del efecto que tenía en ella. De pronto retrocedió con un movimiento brusco para regresar al asiento del piloto, y le señaló a Alexa el del copiloto con un ademán para que se sentara en él.

Alexa tomó asiento, y se quedó mirando los aparatos del panel de control después de abrocharse el cinturón de seguridad. Seth accionó unos cuantos botones y retomó el control del avión.

Alexa se sentía incómoda por la manera en que se le disparaban las hormonas sólo con oír su voz acariciadora, o al notar su intensa mirada fija en ella. Estaba allí para hacer un trabajo, no para meter en su vida, ya bastante complicada, a un hombre, se dijo.

—Bueno, ¿y qué es tan importante para que no pudiera posponerlo? —le preguntó a Seth.

—Tengo dos pequeñas bocas que alimentar —respondió él—; y responsabilidades. Deberíamos tutearnos y dejarnos de formalidades. Necesito relajarme. Va a ser un día muy largo, y para mí no ha empezado precisamente bien, con esta sorpresa inesperada.

Alexa se volvió para mirar a los bebés, que seguían dormidos.

—Lo comprendo. ¿Y qué sueles hacer para relajarte?
—Volar.

Alexa giró la cabeza hacia él, y al verlo con la mirada perdida en el cielo azul salpicado de esponjosas nubes blancas, se dio cuenta de que aquello lo apasionaba. Aviones Privados Jansen no era sólo una compañía para él. Había convertido su afición, su pasión, en un negocio de éxito. Tal vez pudiera aprender algo de él sobre los negocios después de todo.

—Me da la impresión de que estabas deseando hacer este vuelo, ¿no? Resulta curioso que algo que tienes que hacer por trabajo y que conlleva estrés te ayude a relajarte.

Él la miró con el ceño fruncido.

—¿Esta sesión de psicoanálisis irá incluida en tus honorarios?

Alexa puso una mueca. Travis siempre le había dicho lo mismo, que parecía que quisiera psicoanalizarlo. La verdad era que tenía bastante experiencia pues se había pasado la adolescencia yendo de psicólogo en psicólogo. No podía negar que había necesitado ayuda, pero también habría necesitado que sus padres se comportasen como tales. Al ver que la ignoraban, había intentado llamar su atención desesperadamente, y aquello casi le había costado la vida.

¿Por qué estaba pensando en todo eso de repente? Seth Jansen y sus hijos habían hecho aflorar esos recuerdos que solía mantener a buen recaudo.

–Lo decía sólo por hablar de algo –respondió–. Creía que querías que charláramos para saber algo más de mí ya que voy a cuidar de tus hijos las próximas veinticuatro horas, pero si no es así no tienes más que decirlo.

–No, tienes razón, ésa es la idea. Y lo primero que he aprendido de ti es que no te dejas intimidar, y eso es algo muy bueno. Mis gemelos son todo un carácter, y cuando se ponen rebeldes hace falta una persona que sepa ser firme con ellos –contestó él–. Pero dime, ¿cómo es que una chica de buena familia acaba enfundándose unos guantes de goma para dedicarse a limpiar?

Ah, de modo que sabía algo de ella…

–Así que hiciste algo más que limitarte a leer mi carta de presentación –apuntó.

–Reconocí tu nombre… o más bien tu nombre de soltera. Tu padre era cliente de una compañía que compite con la mía, y tu marido alquiló uno de mis aviones en una ocasión.

–Mi exmarido –puntualizó ella.

–Cierto. Pero, volviendo a la pregunta que te había hecho: ¿qué te hizo trabajar de limpiadora?

¿Por qué no había emprendido un negocio más sofisticado, como el suyo? Porque tras su divorcio, un año atrás, había despertado en la amarga realidad de que no tenía dinero, ni había nada que supiera hacer para subsistir.

Siempre había tenido una cierta obsesión por el orden y la limpieza, y se le había ocurrido que los mejores clientes eran la gente rica, con sus caprichos y excentricidades.

–Porque no se trata sólo de limpiar; comprendo las necesidades del cliente y eso hace que los servicios que presta mi empresa la hagan destacar. Me preocupo de averiguar si el cliente tiene alguna alergia, cuáles son sus fragancias favoritas, sus preferencias personales respecto a las bebidas del minibar... Volar en un avión privado es un lujo, y deben cuidarse al máximo los detalles para que la experiencia resulte a la altura de lo que se espera de ella.

–Ya veo; y es un mundo que conoces bien porque viviste en él.

–Quiero triunfar por mis méritos en vez de vivir del dinero de mi familia –respondió ella.

O al menos era lo que habría pensado si su familia no estuviese en la ruina.

–¿Pero por qué aviones precisamente? –inquirió él, señalando a su alrededor.

Los ojos de Alexa se posaron en su antebrazo moreno, que contrastaba con las mangas dobladas de su camisa blanca, y sintió un impulso casi irresistible de tocarlo para ver si aquella piel de bronce era tan cálida como parecía.

Hacía mucho tiempo que no sentía un impulso así. El divorcio la había agotado emocionalmente. Había intentado salir con un par de tipos, pero no había habido química alguna con ellos, y luego su negocio la había absorbido por completo.

–Me temo que no te sigo –murmuró. ¿Cómo iba a seguirle cuando se había quedado mirando su fuerte brazo como una tonta?

–Creo que eres licenciada en… Historia, ¿no?

–Historia del Arte. Así que te leíste también mi currículum… Sabes más de mí de lo que me habías dejado entrever.

–De otro modo no te habría pedido que te hicieras cargo de mis hijos. Son más valiosos para mí que cualquiera de mis aviones –Seth la miró con un gesto serio que daba a entender que no le consentiría ningún error mientras estuviera al cuidado de sus pequeños–. ¿Por qué no buscaste trabajo en una galería de arte si necesitabas algo en lo que ocuparte?

Porque dudaba que con un empleo en una galería de arte hubiese podido pagar el alquiler del apartamento en el que vivía, ni el seguro de su coche de segunda mano. Porque quería demostrar que no necesitaba a un hombre a su lado para salir adelante. Y, lo más importante, porque no quería volver a sentir el pánico de estar a sólo seiscientos dólares de quedarse en números rojos.

De acuerdo, quizá estuviera siendo un poco melodramática cuando aún tenía algunas joyas que podía vender, pero casi le había dado un patatús cuando, después de vender su casa y su coche, se había encontrado con que el dinero que había conseguido apenas cubría las deudas que ya tenía.

–No quiero depender de nadie, y tal y como está la economía ahora mismo, en la sección de empleo de los periódicos no abundan las ofertas dirigidas a licenciados en Historia del Arte. Mi socia, Bethany, fue quien inició el negocio y tiene mucha experiencia; yo me ocupo de buscar nuevos clientes. Formamos un buen equipo, y por extraño que pueda parecer, me gusta este trabajo. Aunque A-1 cuenta con suficientes empleados, a mí no se me caen los anillos por ponerme a limpiar para sustituir a alguno cuando está enfermo, o cuando se trata de un encargo especial.

–Está bien, te creo. De modo que antes te gustaba el arte y ahora disfrutas limpiando aviones de lujo.

El sarcasmo en su voz irritó a Alexa.

–¿Te estás burlando de mí, o todas estas preguntas tienen algún propósito?

–Todo lo que hago tiene siempre un propósito. Me estaba preguntando si esta vena tuya de empresaria no será sólo un capricho pasajero del que te cansarás cuando te des cuenta de que la gente no aprecia tu trabajo y que lo dan por hecho.

A Alexa le dolió que la viera como una persona voluble y caprichosa. No estaba siendo justo con ella.

–Imagino que tú no vas a cerrar tu compañía sólo porque la gente no aprecie que lleguen a tiempo a su destino y que los aviones estén bien mantenidos. Supongo que haces lo que haces porque te gusta.

—Me temo que no te sigo. ¿Me estás diciendo de verdad que te gusta limpiar?

—Me gusta que las cosas estén en orden —respondió ella con sinceridad.

Los psicólogos que la habían tratado la habían ayudado a canalizar la necesidad de perfección que su madre le había inculcado. En vez de dejarse morir de hambre con su obsesión por estar más delgada, había empezado a buscar la perfección en el mundo del arte, y la calma y el orden la reconfortaban.

—Ah... —una sonrisa burlona asomó a los labios de él—. Te gusta tener el control... Ahora comprendo.

—¿Y a quién no? —le espetó ella.

Se quedó mirándola de un modo muy sexy, y Alexa sintió como si hubiera electricidad estática entre ellos.

—¿Quieres pilotar tú?

—¿Estás de broma? —respondió ella.

Sin embargo, no podía negar que el ofrecimiento resultaba tentador. ¿Quién no querría saber qué se sentía al estar al mando de un avión, con el cielo extendiéndose ante ti? Sería como la primera vez que había conducido un coche, como la primera vez que había galopado a lomos de un caballo, se dijo, evocando momentos felices de su vida pasada.

—Anda, toma los mandos.

A Alexa le habría encantado hacerlo, pero algo en su voz la hizo vacilar. No estaba segura de a qué estaba jugando Seth.

—Tus hijos están a bordo.

Estaba segura de que su contestación había sonado remilgada, pero al fin y al cabo iba a hacer de niñera por un día; se suponía que debía preocuparse por ellos.

–Si veo que se te va de las manos tomaré yo los mandos –le dijo él.

–Tal vez en otra ocasión –murmuró levantándose del asiento–. Me ha parecido oír a Olivia; puede que se haya despertado.

La suave risa de Seth la siguió hasta que regresó al sofá, donde los dos niños seguían durmiendo.

Dos horas más tarde estaban instalándose en la lujosa *suite* que había reservado Seth en el hotel Casa Mónica de San Agustín, en Florida, uno de los más antiguos de la histórica ciudad.

Tenía que llamar a Bethany. Estaba segura de que se las apañaría sin ella , pero quería hablar con ella de todos modos para darle la dirección del hotel.

La *suite* que Seth había reservado tenía dos dormitorios conectados por una sala de estar. El baño, que era gigantesco, tenía una bañera circular que parecía estar llamándola cuando Alexa posó sus ojos en ella. Le dolían los músculos de haber estado todo el día trabajando, y de haber acarreado con el Maxi-Cosi de uno de los bebés. Y de pronto, se encontró imaginándose en aquella bañera con un hombre… y no con cualquier hombre…

Regresó a su dormitorio, que tenía pesadas cortinas de brocado y muebles tapizados de terciopelo azul y las cunas de los dos bebés. Seth se había quedado con el otro dormitorio, que era más pequeño.

Miró a los niños, que dormían.

–¡Cómo duermen tus hijos! Me están haciendo el trabajo muy fácil.

–Pippa, mi ex, no lleva un horario como Dios manda con ellos, y el primer día que los tengo conmigo siempre duermen mucho –respondió Seth–, pero verás cuando se despierten con las baterías recargadas… Owen parece un angelito pero cuando menos te lo esperas va y te hace una trastada. Siempre anda subiéndose donde no debe. ¿Ves la cicatriz que tiene en la ceja izquierda? Tuvieron que darle puntos porque se hizo una brecha. En cuanto a Olivia… no pierdas de vista sus manos –le explicó dirigiéndose a su dormitorio–. Es muy aficionada a meterse cosas pequeñas en la nariz, en las orejas, en la boca…

El cariño que Seth sentía por sus hijos se hizo aún más evidente mientras le detallaba de ese modo la personalidad de sus hijos. Parecía que los conocía bien. No era lo que habría esperado de un padre divorciado que sólo veía a sus hijos de cuando en cuando. Intrigada, lo siguió, pero se detuvo al llegar al umbral de la puerta abierta y ver que se había aflojado la corbata y que estaba desabrochándose la camisa. Alexa dio un paso atrás.

–Em… ¿qué estás haciendo?

Seth se sacó la corbata aún anudada por la cabeza y se sacó los faldones de la camisa del pantalón.

–Owen me dio con los zapatos antes cuando lo tomé en brazos –le explicó, mostrándole las manchas que había dejado en la camisa–. Tengo que cambiarme para la cena; no puedo presentarme así.

Ah, cierto. Casi se había olvidado. Seth le había

dicho que tenía una cena de negocios en el restaurante del hotel y que pidiera al servicio de habitaciones la cena de los niños y la suya. También le había dicho que volvería en dos o tres horas. Tal vez podría hacer unas llamadas mientras le daba un baño a los niños, pensó Alexa. Hablaría con su madre y vería si tenía algún mensaje en el buzón de voz.

–Claro, no puedes permitirte ir a esa cena tan importante con una camisa sucia.

–¿Podrías sacarme una camisa limpia de la maleta?

–Eh… claro –balbució ella, dándose la vuelta antes de que siguiera desvistiéndose.

Fue donde estaba la maleta, y al abrirla… oh, Dios, fue como si la ropa que había dentro desprendiera olor a él. El aroma le resultaba embriagador.

Buscó una camisa blanca entre la ropa y se sorprendió de ver que también había otras bastante coloridas. Parecía que el serio empresario tenía un lado salvaje. Un cosquilleo le recorrió la piel y cerró azorada la maleta.

Con la camisa en la mano se volvió hacia Seth, que sólo llevaba los pantalones y una camiseta interior de manga corta. Sus anchos hombros estiraban la tela casi al límite. Alexa trató de ignorar la ola de calor que la invadió y, tendiéndosela, le preguntó:

–¿Te sirve ésta?

–Estupendo, gracias.

Los nudillos de Seth rozaron los de ella cuando tomó la camisa, y Alexa volvió a sentir que un cosquilleo le subía por el brazo hasta el pecho. Había algo tan íntimo en aquella escena… Estaba en un dormitorio con un hombre guapísimo, ayudándolo a vestirse, y en la sala de estar dormían dos preciosos bebés. Era demasiado hermoso, demasiado similar a lo que una vez había soñado con tener con su ex.

En cuanto Seth hubo tomado la camisa, Alexa retrocedió.

–¿Hay alguna cosa que deba tener en cuenta antes de que llame para pedir la cena?

–Owen es alérgico a las fresas, pero a Olivia le encantan y si caen en sus manos siempre intenta compartirlas con él, así que ten cuidado con eso –respondió Seth mientras se ponía la camisa.

Alexa hizo un esfuerzo por apartar la vista de sus dedos mientras se abrochaba.

–Si hubiera una emergencia llámame a este número –Seth tomó un bolígrafo y lo apuntó detrás de una de sus tarjetas–. Es mi móvil privado.

–De acuerdo.

Alexa tomó la tarjeta y la encajó en una esquina del espejo del dormitorio.

Seth se desabrochó el cinturón para meterse por dentro la camisa, y Alexa no pudo evitar quedarse mirando, como hipnotizada, pero cuando se dio cuenta de que él la había pillado se dio media vuelta con las mejillas ardiendo. Mejor mirar por la ventana, pensó, aunque había estado en San Agustín al menos una docena de veces. A lo lejos se veía la Universidad Flagler, uno de los sitios donde había barajado estudiar. Pero sus padres le dijeron que no le pagarían la universidad si se iba de Charleston.

Los estudiantes de la universidad de Flagler, un

conjunto de edificios del siglo XIX que tenían el aspecto de un castillo, debían sentirse como si estuvieran en Hogwarts. De hecho, toda la ciudad tenía un aire irreal... casi como aquel viaje.

Si Seth no acababa de vestirse ya, pronto le entrarían ganas de tirarse de los pelos. Era demasiado tentador como para no girar la cabeza y echarle otra mirada con disimulo. No podía creerse que se estuviese excitando aun cuando no podía verlo.

—Ya puedes darte la vuelta —le dijo Seth.

Alexa se mordió el labio y se volvió. ¿Por qué tendría que ser tan endiabladamente guapo?

—Puedes irte tranquilo; he hecho de canguro otras veces.

No muchas, pero sí había cuidado de los bebés de sus amigas en alguna ocasión pensando que algún día ella necesitaría que le devolvieran el favor. Sólo que ese día nunca había llegado.

—Los gemelos son diferentes —respondió él mientras volvía a meterse la corbata por la cabeza.

Si tan preocupado estaba, que cancelase su cena de negocios, habría querido espetarle Alexa, pero no lo hizo. Estaba irritada, pero no por eso. Se sentía muy atraída por aquel hombre al que se suponía que quería cortejar para conseguir un contrato para su pequeña empresa y no para llevárselo a la cama.

Su mente se vio asaltada por recuerdos de sábanas revueltas y cuerpos sudorosos. Había tenido una vida sexual muy satisfactoria con su ex, y eso había hecho que creyera erróneamente que todo iba bien entre ellos.

—Seth —la facilidad con que su nombre abandonó sus labios la sorprendió—, los gemelos y yo nos las arreglaremos. Tomaremos puré de manzana, patatas fritas y *nuggets* de pollo, y luego nos empacharemos de dibujos animados en el canal de pago. Y tendré cuidado con que no caiga en manos de Olivia ningún objeto pequeño, y de que Owen no se suba a ningún sitio ni tome fresas. Anda, vete a tu cena; estaremos bien.

Seth vaciló un instante antes de tomar su chaqueta.

—Si me necesitas no dudes en llamarme.

Su cuerpo desde luego que lo necesitaba. Pero no iba a dejarse dominar por sus hormonas; su cerebro llevaba el timón.

Seth salió del ascensor y atravesó el pasillo que conducía al bar y al restaurante. Buscó con la mirada al hombre con el que había quedado para cenar, Javier Cortez, pero no lo vio. Parecía que había llegado antes que él, se dijo dirigiéndose al bar.

Cortez era primo de los Medina, una familia real cuyo reinado en un país europeo había acabado con un violento golpe de Estado. Los Medina y sus parientes se habían exiliado a Estados Unidos, y habían vivido en el anonimato hasta que un medio de comunicación había descubierto su identidad el año anterior.

Cortez había servido como jefe de seguridad de uno de los príncipes antes de que saltara la noticia, y ahora era el encargado de las medidas de seguridad de toda la familia. Para Seth, que los Medina se convirtieran en sus clientes, sería todo un logro.

Se encaramó a uno de los taburetes de la barra del bar, y le pidió al camarero una botella de agua mineral con gas. No quería tomar alcohol esa noche.

Aviones Privados Jansen era todavía una compañía relativamente pequeña, pero gracias a un contacto había conseguido aquella reunión con Cortez: la hermana de la esposa de su primo estaba casada con un tipo apellidado Landis, y uno de los hermanos de éste estaba casado con una hija ilegítima del defenestrado rey.

Una de esas cosas que le hacían pensar a uno que el mundo era un pañuelo. El caso era que gracias a aquello había conseguido esa reunión, y ahora todo dependía de él. Igual que le había dicho a Alexa. ¿Alexa? ¿Por qué había pensado en Alexa en ese momento?

Sí, era una mujer atractiva, se había dado cuenta nada más subir al avión, y había logrado mantener esa atracción bajo control hasta que la había pillado mirándolo cuando estaba desvistiéndose. La ola de calor que lo había invadido no era precisamente lo que le convenía antes de una cena de negocios.

Pero necesitaba su ayuda, así que le costara lo que le costara tenía que conseguir luchar contra esa atracción. Sus hijos eran su prioridad número uno.

En ese momento se oyó el ascensor, y de él salió Cortez. La gente empezó a murmurar. Todavía no se había diluido la novedad de tener a miembros de la realeza europea allí. Cortez, de unos cuarenta años, avanzó con paso firme hacia él, que se había puesto de pie y le había hecho una señal para que lo viera.

–Siento llegar tarde, señor Jansen –le dijo tendiéndole la mano cuando llegó junto a él.

Seth se la estrechó.

–No se preocupe, sólo han sido unos minutos.

Volvió a tomar asiento y el Cortez se sentó junto a él y pidió un whisky.

–Le agradezco que se haya tomado la molestia de venir hasta aquí para reunirse conmigo –dijo mientras le servían–. A mi mujer le encanta este sitio.

–Lo comprendo, tiene mucha historia.

Y también es un buen sitio para llevar a cabo negociaciones, cerca de la isla privada de los Medina, a unos kilómetros de la costa de Florida.

A él, sin embargo, no lo habían invitado aún a aquel sanctasanctórum. Las medidas de seguridad eran muy estrictas. Nadie sabía la localización exacta, y pocos habían visto la fortaleza que había en la isla. Los Medina tenían un par de aviones privados, pero a medida que la familia crecía con matrimonios e hijos se iban quedado cortos para sus necesidades de transporte.

Cortez tomó un sorbo de su bebida y la depositó sobre el posavasos.

–Como mi mujer y yo estamos aún técnicamente de luna de miel le prometí que nos quedaríamos unos días más. Ya sabe, para que pueda ir de compras y disfrutar del sol de Florida y de la piscina antes de que regresemos a Boston.

–Ah, ya veo –murmuró Seth, sin saber qué decir.

–Creo que ha venido usted con sus hijos y su niñera.

A Seth no le sorprendió que lo supiera. Sólo llevaban una hora en la ciudad, pero seguramente Cortez no acudía a ninguna cita sin tantear el terreno y tenerlo todo bajo control por motivos de seguridad.

–Sí, bueno, me gusta poder pasar con mis hijos todo el tiempo que puedo, y no quería dejarlos atrás, así que por eso los he traído junto a nuestra Mary Poppins particular.

Cortez se rió.

–Excelente. Sé que habíamos quedado para cenar y hablar de negocios, pero mi esposa se ha empeñado en que la lleve a un espectáculo, así que confío en que no le importe que lo pospongamos.

Justo lo que menos necesitaba, tener que prolongar su estancia allí. Y a saber si la cosa se alargaría aún más...

–Por supuesto, no hay problema.

Cortez apuró su copa, pagó las bebidas de ambos, y los dos se levantaron y se dirigieron al ascensor.

Cortez, que según parecía también se alojaba en el ático del hotel, pasó la tarjeta por la ranura del panel lector, y cuando las puertas se hubieron cerrado y empezaron a subir le dijo:

–A mi esposa y a mí nos gustaría desayunar con usted y con sus hijos mañana por la mañana. Y puede traer también a la niñera, por supuesto. ¿Le va bien sobre las nueve?

Lo que faltaba... Desayunar en un restaurante con un niño pequeño podía ser un infierno, conque con dos...

–Eh... sí, claro, a las nueve.

El ascensor se detuvo, y las puertas se abrieron.

–Estupendo, pues allí nos veremos.

Salieron del ascensor, y Cortez tomó hacia la derecha mientras Seth tomaba hacia la izquierda.

Cuando estaba acercándose a la puerta de la suite, a Seth le pareció oír un chillido de uno de sus pequeños. ¿Se habría hecho daño? Preocupado, apretó el paso y se apresuró a abrir la puerta para encontrarse con Alexa, que llevaba a un bebé en cada cadera, los dos recién bañados y mojados. Tenía las mejillas sonrosadas y le sonrió.

–No sabes lo que me ha costado atraparlos –dijo jadeante–; para estar empezando a andar son muy rápidos.

Seth alcanzó una toalla del brazo del sofá y la abrió.

–Pásame a uno.

Alexa le tendió a Owen, y Seth tuvo que hacer un esfuerzo para no quedarse mirándola embobado. Tenía la blusa empapada, y la tela se le pegaba al cuerpo, resaltando sus curvas. ¿Quién habría pensado que Mary Poppins podría ganar un concurso de camisetas mojadas?

Capítulo Tres

Consciente de que la tenía pegada a los pechos, Alexa se tiró de la camiseta. Lo último que necesitaba era sentir el fuego de la mirada de Seth sobre ella, y mucho menos responder a él como estaba respondiendo su cuerpo en ese momento. Él tenía que concentrarse en su trabajo y ella en los niños.

Alexa se dio la vuelta y fue a por otra toalla que había arrojado sobre el sofá para perseguir a los dos pequeñajos, que se habían puesto a corretear por la *suite*.

–Has vuelto muy pronto de tu cena.

–Necesitas ropa –dijo él sin contestar a su observación.

–¿Ropa seca? Sí, ya lo creo. Deberían subir la cena enseguida. Cuando he oído la puerta he pensado que era el servicio de habitaciones.

Seth sacó un par de pañales y dos camisetitas de la bolsa de tela, una azul y otra rosa que le tendió a Alexa junto con uno de los pañales.

Los dos procedieron a extender sendas toallas sobre el sofá para vestir a los pequeños, y Alexa se maravilló de ver lo bien que se apañaba Seth.

–Bueno, ¿y qué tal tu reunión? –insistió.

–Sólo hemos tomado algo en el bar –respondió él, ajustándole el pañal con firmeza pero con suavidad a

Owen, que no dejaba de moverse–; mi cliente ha pospuesto la reunión a mañana –en cuestión de segundos también le puso la camiseta a Owen. Lo tomó en brazos y le dio un beso en el moflete–. Llamaré al servicio de habitaciones para que me traigan a mí algo también.

Alexa sintió un cosquilleo de nervios en el estómago. ¿Seth no tenía que trabajar o hacer alguna otra cosa? ¿Iba a quedarse allí con ella el resto de la tarde? Bueno, estaban también los niños, por supuesto, pero... ¿y cuando llegase la hora de acostarlos? Seth había mencionado que su ex no los acostaba hasta tarde, y Alexa deseó que fuesen capaces de aguantar por lo menos hasta medianoche.

–Lástima que ese cliente potencial no te avisara antes de que saliéramos de Charleston –murmuró acabando de vestir a Olivia antes de alzarla en brazos también–. Así no habrías tenido que salir corriendo y podrías haber buscado a una niñera de verdad.

Y ella podría estar tranquilamente en su apartamento tomándose un helado mientras veía la televisión, en vez de estar allí, nerviosa, intentando mantener sus hormonas bajo control.

–Me alegra poder pasar un poco más de tiempo con ellos –dijo Seth–. ¿Podrías quedarte un día más? Sé que no es justo, pero me harías un gran favor.

Oh, oh... De modo que por eso había dicho lo de la ropa...

–Bueno, creo que podré arreglarlo con mi socia. La llamaré cuando los niños se hayan dormido.

–No sabes cómo te lo agradezco. Entonces ya sólo tenemos que buscarte algo de ropa y unas cuantas cosas de aseo. Cuando llame al servicio de habitaciones le pediré al conserje del hotel que se ocupe y...

—No es necesario, de verdad —lo cortó ella alzando una mano. Le incomodaba la idea de llevar ropa que él hubiera pagado—. Me pondré un albornoz y pediré que me laven la ropa. Mañana puedo irme al centro de compras con los niños y comprar algo. Claro que para eso necesitaría un carrito...

—Ya he pedido que me busquen uno, pero vas a necesitar una muda de ropa antes de eso —respondió él frunciendo el ceño—. Mi cliente quiere que baje mañana a desayunar con su esposa y con él y que lleve a los niños, y es imposible que pueda hacerlo solo; los gemelos acabarían volviéndome loco. Además, es culpa mía que te hayas venido sin ropa.

¿Un desayuno de negocios? ¿Con dos bebés? ¿A qué persona en su sano juicio podía ocurrírsele una idea semejante?, pensó Alexa. Sin embargo, no hizo ningún comentario al respecto y claudicó ante el hecho de que necesitaba algo apropiado que ponerse; no podía ir vestida con el uniforme de trabajo de A-1.

Reprimió los nervios ante la idea de tener que decirle qué talla usaba. Atrás habían quedado los días en que se subía a la báscula cada mañana para que su madre comprobase su peso. Y gracias a Dios también habían quedado atrás los días en que había estado al borde de una muerte por inanición en su afán por estar más delgada. Parpadeó, dejando a un lado el pasado, y respondió:

—Está bien, pues diles que me compren una cuarenta de ropa. Y mi número de pie es el treinta y ocho.

Los ojos verdes de Seth brillaron traviesos.

–¿Y qué talla tienes de ropa interior?

–No pienso responderte a eso –dijo ella clavándole un dedo en el pecho. Cielos, su pecho parecía de acero. Dio un paso atrás–. Y asegúrate de que te den la factura de todo porque pienso pagártelo.

–Esa muestra de orgullo es innecesaria, pero si es lo que quieres… –dijo él, con tal arrogancia que Alexa sintió deseos de darle una colleja.

–Pero al menos deja que te preste una camiseta para dormir. No creo que vayas a dormir muy cómoda con el albornoz del hotel.

¿Sentir una prenda de ropa suya contra su piel desnuda? La sola idea hizo que una ola de calor la invadiera, pero antes de que pudiera protestar Seth había dejado a Owen en el suelo y había ido a llamar por teléfono al conserje y al servicio de habitaciones.

Aturdida, dejó ella también en el suelo a Olivia, que estaba revolviéndose al ver a su hermano libre, y siguió a los gemelos al dormitorio principal mientras oía a Seth hablar con recepción.

Olivia y Owen se acercaron curiosos a inspeccionar las cunitas plegables que el personal del hotel había dispuesto un lado de la enorme cama de matrimonio. Se había dispuesto todo para acomodar a una familia, sólo que no eran una familia, y ella se acostaría sola en aquella cama… vestida con una camiseta de aquel hombre tan increíblemente guapo.

Alexa se rodeó la cintura con los brazos, lamentándose una vez más por lo que habría podido ser y no había sido. Era algo en lo que no había pensado desde hacía un año, lo que había ansiado más que nada en el mundo. Encontrarse en aquella situación le estaba despertando deseos que llevaba tiempo ignorando.

Había accedido a aquello por su empresa, por su futuro, pero no se había dado cuenta de que jugar a aquel juego podía acabar haciéndose daño.

Seth descubrió, para su sorpresa, que estaba disfrutando mucho de la tarde con Alexa y sus hijos. Era casi como si fuesen una familia, pensó pinchando con el tenedor el último trozo de lubina que le quedaba en el plato. Alexa, entretanto, ya había empezado con el postre, un pastel de melocotón. Habían dado de comer primero a los bebés y los habían acostado para poder cenar ellos tranquilos en el balcón.

Les habían dispuesto la cena en la mesa de hierro forjado con una solitaria rosa roja entre ambos. La luz de los candelabros que había en la pared, a ambos lados de las puertas abiertas, arrojaba una luz tenue y cálida sobre ellos, y desde dentro llegaban unas suaves notas de música que Seth había puesto con su iPod. En realidad la idea era conseguir que Olivia y Owen se durmieran, pero a la vez creaba un ambiente muy íntimo.

Y a ello contribuía también la belleza que tenía frente a sí. Alexa se había cambiado, poniéndose una camiseta que él le había prestado, y encima el albornoz del hotel. Parecía que acabase de levantarse de la cama, y la brisa del océano agitaba su cabello rubio suavemente.

Seth no había tenido muchas citas desde que se había divorciado, y cuando había tenido alguna se había cuidado mucho de separar aquello de sus hijos.

El tener a Alexa a su lado para ocuparse de los niños esa noche había hecho que la tarea resultase la mitad de agotadora, y aquello lo hizo sentirse irritado una vez más por no haber conseguido que su matrimonio funcionase.

Pippa y él habían sabido que no sería fácil, pero los dos habían decidido intentarlo, por sus hijos. O al menos eso era lo que él había pensado, hasta que había descubierto que Pippa no estaba segura siquiera de que él fuera el padre biológico.

Se le hizo un nudo en el estómago. No, diablos, Olivia y Owen eran sus hijos. Su apellido estaba escrito en el certificado de nacimiento de ambos, y se negaba a dejar que nadie se los quitase. Pippa le había asegurado que no iba a recurrir la sentencia de custodia compartida, pero ya le había mentido antes, y de tal modo que le costaba confiar en su palabra.

Estudió en silencio a la mujer sentada frente a él, deseando poder saber qué estaría pensando, pero parecía tener un control tan férreo sobre sí que no dejaba traslucir nada.

Sabía que no podía juzgar a todas las mujeres por la mala experiencia que había tenido con Pippa, pero desde luego lo había hecho bastante desconfiado. Quien se dejaba engañar una vez era un ingenuo, pero quien se dejaba engañar dos veces era un idiota.

Además, Alexa estaba allí por un único motivo: porque lo necesitaba como trampolín para afianzar su pequeño negocio; no había ido a San Agustín para jugar a papás y mamás con él. Mientras no se olvidara de aquello, todo iría bien, se dijo.

–Se te dan bien los niños –comentó.

–Gracias –respondió ella, como si pensara que sólo lo decía por decir.

–No, lo digo en serio; seguro que serás una madre estupenda algún día.

Ella sacudió la cabeza y apartó el plato con su postre a medio comer.

–No quiero tener hijos sola, y mi experiencia con el matrimonio no resultó bien.

A Seth no le pasó inadvertida la amargura en su voz. Se llevó su copa a los labios para tomar un sorbo y, mirándola por encima del borde, le dijo:

–Lamento oír eso.

Alexa suspiró.

–Me casé con un tipo que parecía perfecto. Ni siquiera le interesaba el dinero de mi familia. De hecho, accedió a firmar un acuerdo prematrimonial ante la insistencia de mi padre para demostrarlo. Me pasé toda mi adolescencia preguntándome si la gente se acercaba a mí porque querían mi amistad o por ser quien era. Me sentí bien al pensar que había encontrado a alguien que me quería de verdad.

–Bueno, se supone que así es como deben de ser las cosas en el amor.

–Sí, es como se supone que deberían ser. Pero estoy segura de que entiendes lo que es cuestionarse los motivos de todas las personas que se acercan a ti. Imagino que a ti también te pasa.

–Hubo un tiempo en que no. Crecí en Dakota del Norte, y mi familia era gente sencilla y trabajadora; eran granjeros –le dijo Seth–. En mi tiempo libre me iba de acampada, de pesca…

–Qué suerte –murmuró ella–. La mayoría de las amigas que yo tenía en el colegio privado al que iba querían ser mis amigas porque mi madre nos llevaba de compras a Nueva York. Cuando cumplí los dieciséis nos pagó a mis amigas y a mí un viaje a las Bahamas. No me extraña que no tuviera amigas de verdad.

Seth sintió lástima por ella. Tener que cuestionarse los motivos de la gente siendo un adulto era duro, pero que esa preocupación la hubiese tenido ella de niña… esas cosas podían marcar la vida de una persona. Pensó en sus hijos y se preguntó qué podría hacer para evitarles pasar por eso.

–O sea que tu ex parecía el hombre de tus sueños porque firmó ese acuerdo prenupcial. ¿Y luego…?

–Su única condición era que yo no aceptaría ningún dinero de mi familia –continuó Alexa. Había dolor en su mirada, que se tornó de pronto distante, y extrañamente, aunque acababan de conocerse, Seth sintió ese dolor como si fuera suyo–. El dinero que mi familia quisiera dejarme iría a un fondo para los hijos que tuviéramos, y nosotros viviríamos por nuestros propios medios. Me pareció honorable.

–¿Y qué pasó? –inquirió él, llevándose la copa a los labios para tomar otro sorbo.

–Que era alérgica a su esperma.

Seth casi se ahogó con el agua que había bebido.

–¿Podrías repetir eso?

–Lo que has oído; era alérgica a sus espermatozoides. Los dos éramos fértiles, pero por algún motivo no éramos compatibles –explicó. Se apoyó en la mesa cruzando los brazos y se inclinó un poco hacia delante–. Yo me sentí triste cuando el médico nos dio la noticia, pero pensé: «Siempre podemos adoptar». El problema fue que Travis no pensaba lo mismo.

Seth dejó su copa en la mesa con cuidado. La sangre le hervía en las venas con lo que estaba oyendo, y temía que, de no soltar la copa, la haría añicos.

–A ver si lo he entendido: ¿tu ex te dejó porque no podíais tener un hijo juntos?

–Bingo –respondió ella con una sonrisa tirante.

–Menudo imbécil –dijo Seth–. Sería un placer ir y patearle el culo en tu nombre.

Alexa esbozó una débil sonrisa.

–No es necesario, gracias. Ya no soy tan boba como era antes; ahora, cuando creo que alguien se merece una patada en el culo se la doy yo misma.

–Me alegra oír eso –respondió Seth.

Admiraba sus agallas y la fuerza interior que tenía. Por lo que le había contado, parecía que había reconstruido su vida después de dos duros golpes que habrían dejado noqueada a la mayoría de la gente.

–Intento no machacarme con aquello. No tenía mucha experiencia escogiendo a la gente que dejaba entrar en mi vida, así que supongo que era de esperar que lo nuestro no funcionara.

–Pues a mí me parece que quien lo estropeó fue él y no tú –Seth alargó una mano y le acarició suavemente la mano.

Alexa abrió mucho los ojos, como sorprendida, pero no apartó su mano.

–Gracias por el voto de confianza, pero estoy segura de que hubo algo de culpa por ambas partes.

–Eso siempre es algo difícil de dilucidar –murmuró él retirando su mano.

–¿Y qué me cuentas de tu ex? ¿Tiene por costumbre irse por ahí y dejarte a los niños?

–No, en realidad no.

La verdad era que Pippa, a pesar de cierta diferencia de opiniones en cuanto al cuidado de sus hijos, era una buena madre. De hecho, cada vez que se los dejaba lloraba como una Magdalena.

–Venga –lo instó Alexa–, yo te he contado la patética historia de mi matrimonio; ¿cuál es la tuya?

Seth prefería no hablar de sus fracasos, pero la luz de la luna y la buena compañía lo empujaron a hacer una excepción.

–Bueno, tampoco fue un drama griego, ni nada de eso. Pippa y yo tuvimos un romance y ella se quedó embarazada –dijo. Lo que Pippa no le había dicho era que a la vez estaba viéndose con otro hombre–. Así que nos casamos por los niños. Lo intentamos, y nos dimos cuenta de que no funcionaba. Cuando los bebés nacieron el divorcio ya estaba en curso.

–Por cómo lo cuentas da la impresión de que lo has llevado todo con mucha calma.

¿Con mucha calma? Nada más lejos de la verdad, pero la vida seguía.

–Tengo a los gemelos. Y Pippa y yo estamos intentando ser unos buenos padres para ellos. Bueno, hasta hoy al menos creía que eso era lo que estábamos haciendo.

Alexa alargó una mano para ponerla sobre la suya.

—No puedo decir que entienda lo que tu ex ha hecho hoy, pero creo estáis haciendo un buen trabajo con vuestros hijos. Son unos bebés sanos y preciosos.

El contacto de la suave piel de Alexa hizo que una ráfaga de deseo se disparase por las venas de Seth, pero trató de centrarse en la conversación.

—Bueno, son un par de torbellinos, pero haría cualquier cosa por ellos. Cualquier cosa.

Hacía demasiado tiempo de la última vez que había practicado el sexo. Ésa tenía que ser la razón de aquella reacción desproporcionada que estaba teniendo, se dijo. Y a juzgar por el fuego que había en los ojos de ella, parecía que Alexa estaba sintiendo lo mismo.

Seth estaba empezando a darse cuenta de que tenían algo más en común que aquella fuerte atracción. Los dos habían salido escaldados de un matrimonio que había sido un desastre, los dos se habían volcado en el trabajo, y ninguno de los dos quería una relación seria que pudiera traer complicaciones a su vida.

¿Por qué no dejarse llevar entonces por esa atracción? Sí, podría funcionar, sólo sexo, sin complicaciones, sin ataduras. Había un segundo dormitorio vacío donde no despertarían a los niños, y desde lo suyo con Pippa siempre llevaba preservativos encima. Con un embarazo inesperado ya había tenido bastante.

Además el ambiente no podía ser más romántico, con la luz de la luna bañando el balcón, y Alexa no llevaba demasiado debajo del albornoz. ¿Por qué no tantearla?

Tomada la decisión, Seth sacó la rosa del jarroncito que había en medio de la mesa, y deslizó el rojo capullo por la nariz de Alexa, que parpadeó sorprendida, pero no dijo una palabra ni se movió. «Qué diablos», pensó Seth. Y, envalentonado, trazó el contorno de sus labios con el capullo antes de inclinarse hacia delante y besarla.

Capítulo Cuatro

La suave presión de los labios de Seth contra los suyos sorprendió a Alexa, que se quedó paralizada unos segundos. Luego el corazón empezó a latirle como loco, y la sorpresa se convirtió en deseo.

Seth se levantó sin apartar los ojos de ella. Alexa se levantó también, y rodearon la mesa para encontrarse el uno en brazos del otro. Alexa se agarró a sus hombros aturdida. La había pillado con la guardia baja, se dijo: aquella cena romántica, la luz de la luna, la suave música... Todo eso había disipado las tensiones acumuladas en su cuerpo. Hacía tanto tiempo que no se sentía tan relajada... Había estado tan ocupada intentando levantar cabeza para reconstruir su vida... Incluso el haberse abierto acerca de su divorcio la había hecho sentirse bien. Sin embargo, también había hecho añicos su coraza; la había dejado desprotegida.

Dios, a veces Seth podía resultar brusco y hasta algo hosco cuando hablaba, pero... vaya si se tomaba su tiempo cuando besaba... Alexa subió una mano a su cuello, y sus dedos se enredaron en el corto cabello de él para luego saborear la textura algo áspera de la sombra de barba en sus mejillas.

Los labios de Seth, que se movían con seguridad

sobre los suyos, consiguieron que abriera la boca para dejar paso a su lengua. Alexa se apretó más contra él, y su respiración se tornó entrecortada.

El olor del *aftershave* de Seth se mezclaba con el aroma salado del mar, y el sabor a especias en su boca sazonaba su beso, tentando sus sentidos e instándola a mandar la lógica a paseo. Las caricias de su lengua le hicieron desear más. Más de él.

Qué fácil sería seguirlo al dormitorio y arrojar a un lado todo el estrés y las preocupaciones igual que las prendas de las que se despojarían. Sin embargo, luego llegaría el amanecer, y con él todas aquellas preocupaciones regresarían multiplicadas por la falta de autocontrol de ambos.

Aquello era una locura y no podía permitirse locuras. Aferrándose a la poca fuerza de voluntad que le quedaba, e incapaz de despegar sus labios de los de él, se apartó de él.

Se apartó, pero no demasiado; apenas unos milímetros. Cada vez que Alexa inspiraba sus fosas nasales se veían inundadas por el olor de Seth. Se notaba mareada, pero no era tanto por la falta de oxígeno como por el efecto que Seth tenía en ella.

Éste la condujo hasta su silla, cosa que Alexa agradeció porque le temblaban las piernas, y él volvió a sentarse también, sin apartar los ojos de ella. No dejó de observarla un segundo.

Alexa dejó escapar una risa nerviosa.

—Esto no me lo esperaba.

—¿Lo dices en serio? —inquirió él.

El pulso acelerado en la vena de su cuello era la

única señal visible de que el beso que acababan de compartir lo había dejado tan agitado como a ella.

–Yo llevo queriendo besarte desde que subí al avión –añadió Seth–. En ese momento tuve la sensación de que la atracción era mutua, y ahora sé que lo es.

Iba a contestar a la arrogancia de Seth pero un pensamiento hizo que un escalofrío la recorriera.

–¿Por eso me pediste que viniera? ¿No para cuidar de tus hijos sino para intentar seducirme?

Se irguió en la silla deseando llevar puesto algo que le diera un aspecto serio y profesional, en vez de un albornoz y la camiseta que él le había prestado.

–Creía que habíamos hecho un trato, y que los dos estábamos de acuerdo en que no se deben mezclar los negocios con lo personal –añadió.

–¿Y entonces por qué has respondido a mi beso? –le espetó él.

–Me he dejado llevar por mi instinto.

–Entonces admites que te sientes atraída por mí.

Alexa sabía que negarlo no serviría de nada.

–Sabes que sí, pero eso no implica que quiera tener nada contigo. No va a volver a ocurrir. Y si por eso vas a volverte atrás respecto a nuestro trato, me da igual. No voy a acostarme contigo para conseguir lo que quiero –le dijo poniéndose de pie.

–Eh, eh... espera un momento –le pidió Seth levantándose también. Rodeó la mesa para colocarse frente a ella y le frotó el brazo con la mano para tranquilizarla–. Me has malinterpretado. Para empezar, no creo que seas la clase de persona que utiliza su cuerpo para abrirse camino en el mundo. Y en segundo lugar, nunca he ofrecido dinero ni privilegios a una mujer a cambio de sexo, ni pienso hacerlo.

Alexa se había quedado inmóvil, intentando ignorar sin éxito el cosquilleo que le subía y bajaba por el brazo con cada pasada de los dedos de Seth. La oscuridad y los sonidos distantes de la noche creaban un ambiente demasiado íntimo que parecía aislarlos del resto del mundo.

Alexa dio un paso atrás.

–¿Has buscado ya a otra persona que pueda ocuparse de los niños?

–¿Para qué? –inquirió él–. Ya te tengo a ti.

–Nuestro acuerdo sólo es de veinticuatro horas.

–Creía que habías dicho que no tenías problema en quedarte un día más –apuntó Seth dando un paso hacia ella–. Incluso llamaste a tu socia para hablarlo con ella.

–Sí, pero eso fue cuando pensaba que sólo se trataba de trabajo.

–Estás enfadada.

–No, no estoy enfadada. Me siento frustrada y decepcionada. Decepcionada con los dos por habernos dejado llevar de esta manera, olvidándonos por completo de lo que nos dicta el sentido común. Mi prioridad es mi negocio igual que para ti lo son tus hijos.

–Sí, pero el que tenga claras mis prioridades no anula la atracción que siento hacia ti –replicó él–. Además, soy perfectamente capaz de separar el placer de los negocios.

Aunque hacía un momento lo había negado, Alexa estaba empezando a enfadarse de verdad.

–¡No me estás escuchando! Lo que acaba de pasar no puede volver a repetirse. Apenas nos conocemos, y los dos tenemos puestas muchas expectativas en este viaje, así que te agradecería que no jugaras conmigo. Que te quede bien claro: no-más-besos –le reiteró, pinchándolo en el pecho con un dedo.

Luego entró y se dirigió al dormitorio antes de que Seth pudiera hacer que su fuerza de voluntad se tambaleara de nuevo. Sin embargo, cuando cruzaba el amplio salón oyó su voz desde el balcón que decía: «Pues es una lástima».

Alexa no podía estar más de acuerdo. Conciliar el sueño esa noche le resultaría muy difícil, no sólo porque no dejaría de echarse la culpa por haberse dejado llevar de esa manera, sino también por el deseo frustrado que palpitaba en su interior.

Después de que Alexa se marchara Seth se quedó sentado un rato en el balcón, mirando la silueta de la ciudad recortada en el cielo. El fuego del beso que habían compartido todavía chisporroteaba en su interior. Apuró el agua con gas de su copa mientras esperaba a que Alexa apagara la luz de su mesilla.

Tenía razón en que no sería una buena idea dejarse llevar por la atracción que sentían el uno hacia el otro. Los dos tenían buenas razones para que su relación no pasara de ser meramente profesional. En su caso, bastante complicaciones había ya en su vida, y tenía que intentar mantenerla lo más estable posible por el bien de sus hijos. No quería confundirlos con un desfile interminable de mujeres entrando y saliendo de sus vidas.

Le echó un vistazo al móvil, que descansaba sobre la mesa, donde lo había dejado después de cuatro intentos fallidos de ponerse en contacto con Pippa. Seguía sin devolverle las llamadas, y eso estaba empezando a enfurecerlo. ¿Y si le hubiese pasado algo a los niños? Al menos debería llamarlo para averiguar por qué estaba intentando hablar con ella.

Justo en ese momento el teléfono se puso a vibrar. Se apresuró a tomarlo, pero en la pantalla el nombre que aparecía era el de su prima Paige.

Hasta sus familiares se preocupaban más por mantener el contacto que la madre de sus hijos. Sus primos Paige y Vic, que también se habían criado en Dakota del Norte, se habían mudado a Charleston y él, que ya no tenía ningún otro pariente en el oeste, había hecho lo mismo.

–Hola, Paige. ¿Todo bien?

–Sí, nosotros bien –respondió su prima–. Las niñas por fin se han dormido. Llevo toda la tarde acordándome de ti. Me sabe tan mal no haber podido ayudarte...

–No hacía falta que llamaras para disculparte otra vez, Paige. De verdad que lo entiendo.

–Bueno, en realidad te llamaba por lo de Claire.

Vaya, con todo lo que había pasado se había olvidado por completo de que la esposa de su primo Vic se había puesto de parto.

–¿Cómo está?

–Ha dado a luz justo antes de medianoche a un

niño. La madre y el bebé están estupendamente, y su hermanito y su hermanita están deseando ir mañana para conocerlo.

–Felicítalos de mi parte cuando los veas. En cuanto regrese a la ciudad pasaré a hacerles una visita.

–Se lo diré –respondió Paige–. Pero también te llamaba por otra razón. Ahora que Claire ha tenido al bebé, Vic ha ido a recoger a los niños a casa de su hermana Starr, y ella me ha dicho que no le importaría encargarse de los gemelos. Podrías llevárselos mañana por la mañana a primera hora.

–Es muy amable por su parte, pero no me parece justo...

–Yo podría relevarla dentro de un par de días, cuando el antibiótico empiece a hacer efecto y lo de mis niñas ya no sea tan contagioso –añadió Paige.

No parecía mala idea, pero Seth vaciló y giró la cabeza hacia el dormitorio donde dormían Alexa y los niños.

–No sé, vosotras ya tenéis bastante carga –murmuró.

–Somos parientes, Seth, y queremos ayudar –insistió Paige.

Seth sabía que lo decía de corazón, pero lo cierto era que se sentía más tranquilo teniendo a los niños consigo... y que también quería que Alexa se quedara. Quería conocerla mejor. Necesitaba tiempo para desentrañar aquella poderosa atracción que había entre ellos.

–Y yo os lo agradezco –respondió él–, pero no es necesario. Tengo ayuda.

–¿Has contratado a una niñera?

—Bueno, en realidad no es una niñera. Es más bien... es una amiga.

—¿Una amiga? —repitió Paige, sin duda con la esperanza de sonsacarle.

—Sí, una amiga.

—Eso es todo lo que vas a contarme, ¿no? —murmuró Paige riéndose.

—No hay mucho más que contar —respondió él.

«Aún», añadió para sus adentros, dejando que sus ojos vagaran de nuevo hacia la puerta del dormitorio. Se imaginó a Alexa acurrucada bajo las sábanas, vestida con su camisa.

—Ah, así que la relación todavía está un poco verde —dijo Paige traviesa—. Aunque no demasiado, imagino, o no estaría ahí, contigo y con los niños. Porque hasta donde alcanza mi memoria hace bastante que no sales con una mujer, y no has dejado que ninguna de las mujeres con las que has salido se acercara a los niños.

La perspicacia de su prima lo hizo sentirse incómodo.

—Bueno, creo que ya basta de elucubrar sobre mi vida por una noche, ¿no te parece? —gruñó—. Además, te tengo que dejar.

—No pienso darme por vencida. Cuando vuelvas quiero más detalles —insistió Paige—. Y quiero conocerla. Ya sé que eres un hombre reservado, pero somos familia, y me preocupo por ti.

—Lo sé. Te llamaré cuando vuelva; un beso.

Seth colgó el teléfono sintiéndose culpable por haber rechazado la ayuda que le había brindado Paige. Claro que tampoco le parecía bien decirle a Alexa que volviese a Charleston y hacer que la hermana de su primo tuviese que hacerse cargo de sus hijos sólo porque a su ex se le había ocurrido dejárselos sin avisar.

Lo mirara por donde lo mirara era un desastre. Y, con todo, no podía dejar ir a Alexa. Sospechaba que cuando regresase a Charleston pondría toda la distancia posible entre ellos. Necesitaba tiempo con ella ahora.

La imagen de Alexa persiguiendo a sus críos recién bañados regresó a su mente en ese momento. Era la viva imagen de la vida familiar que le gustaría tener y que no tenía. Se sentía bien con Alexa a su lado.

La luz del sol, que entraba a raudales por la ventana del dormitorio, se derramaba sobre las prendas que Alexa había ido colocando en la cama. Allí había más ropa de la que podría necesitar para sólo uno o dos días.

Y había variedad. Era como si la persona que había comprado todo aquello hubiese pensado en cualquier contingencia que pudiese presentarse: ropa informal, un sencillo vestido de cóctel rojo… y hasta un bañador negro demasiado sexy.

Para el desayuno de esa mañana escogió un vestido de tirantes de color aguamarina con un estampado floral y unas sandalias.

Y había otra bolsa que, según había podido entrever con un rápido vistazo, contenía ropa interior, un camisón, y un neceser con cosméticos y artículos de aseo.

Tiempo atrás apenas se habría fijado en el lujo

que la rodeaba en aquella *suite* de hotel porque era a lo que había estado acostumbrada. Ahora sabía lo mucho que había que trabajar para poder vivir incluso modestamente. Se le hacía raro haber vuelto a aquel mundo que años atrás casi se la había tragado.

Decidida a mantener sus valores inamovibles, salió al salón, donde Seth estaba sentando a los gemelos en el carrito doble que les habían traído.

Al verla aparecer alzó la vista y sonrió. El brillo de sus ojos verdes y los hoyuelos en sus mejillas la atraían como un imán, como si quisieran arrastrarla a ese pequeño círculo de la familia feliz. Eso podría ser peligroso; tenía que mantenerse a distancia por su bien. Además, no era de las mujeres que saltaban así como así a la cama de un extraño. Un extraño que le resultaba más intrigante a cada segundo que pasaba…

—¿Lista? —le preguntó Seth.

—Creo que sí.

—Me alegra ver que te queda bien la ropa. Aunque para desayunar con los gemelos quizá deberíamos habernos puesto un mono de trabajo.

Antes de que pudiera reírse o responder a eso, sonó el teléfono de Seth, que alzó una mano.

—Espera un momento, tengo que contestar; es una llamada de trabajo.

Mientras hablaba tomó un maletín del sofá. Luego fue a abrir la puerta y le indicó con un ademán que saliera primera. Alexa tomó las asas del carrito y lo empujó fuera, al pasillo, antes de pulsar el botón del ascensor, en el que entraron segundos después.

Un par de plantas más abajo se abrieron las puertas y entró un matrimonio mayor vestido de manera informal, aunque impecables, para ir a hacer turismo.

Al ver a los gemelos el marido se inclinó hacia su esposa y le susurró algo sonriéndole de un modo nostálgico y señalando a los pequeños.

–¡Qué niños tan preciosos tienen! –le dijo la mujer a Alexa.

Pero antes de que ella pudiera corregirla el ascensor se detuvo al llegar al vestíbulo y el matrimonio salió antes que ellos. Alexa le lanzó una mirada vergonzosa a Seth. Suerte que estaba agarrando el carrito, porque de pronto las rodillas empezaron a temblarle.

Tenía que intentar calmarse. Dentro de nada estaría desayunando con un miembro de la realeza, algo que la intimidaba bastante a pesar de que sus padres siempre se habían codeado con gente importante. Tal vez pudiera serle útil como un contacto para su pequeño negocio, aunque no comprendía muy bien qué clase de persona invitaba a un desayuno de negocios a dos bebés.

Cuando entraron en el comedor supo al instante quiénes eran los Cortez: en hombre de cabello castaño oscuro con un aire aristocrático y una mujer rubia muy elegante sentados en una mesa para seis. Él les hizo una señal, y se acercaron.

Seth le estrechó la mano.

–Javier, te presento a Alexa Randall.

–Un placer conocerla –le dijo el hombre a Alexa, estrechándole la mano también–. Ésta es mi esposa, Victoria.

–Encantada –le dijo ésta con una sonrisa amable.

Luego, inclinándose hacia el carrito, sonrió también a los gemelos y agitó un sonajero que estaba sujeto a al asa.

–Son una monada. ¿Cómo se llaman?

–Este jovencito es Owen –dijo Seth, agachándose para levantar a su hijo–, y la damita es Olivia.

La pequeña alargó los bracitos hacia Alexa, que sintió que se le encogía el corazón de ternura. Le asustaba un poco la rapidez con que les estaba tomando cariño a los dos niños.

Alexa la sentó en una de las dos tronas que el personal del comedor había colocado. Ella ocupó el asiento entre ambas, y Seth, que iba a ocuparse de Owen, se sentó a la izquierda de éste.

Momentos después, mientras les servían, Victoria se puso la servilleta en la falda y miró a Alexa.

–Le dije a Javier que os ponía en un apuro al insistir en que trajerais a los bebés, pero la verdad es que parecen un par de angelitos –dijo alargando el brazo para hacerle cosquillas a Olivia en la barbilla–. Espero que nos llevemos bien, pequeñina, así yo puedo entretenerte para que Alexa desayune también.

–Gracias, eres muy amable –respondió Alexa, tomando su copa de zumo.

Mientras Javier y Seth hablaban sobre las cosas que había que ver en San Agustín, Olivia y Owen se tomaron la fruta que les habían servido, y Alexa estuvo en tensión hasta que se la terminaron, vigilando que ninguna de las fresas pasaran de la bandeja de Olivia a la de Owen.

Luego se quedó impresionada con Seth, que mientras conversaba y se tomaba unos huevos revueltos se puso a darle la papilla de cereales a Owen. ¡Y pensar que ella apenas había podido con los dos durante el baño la noche anterior!

Agarró a Olivia justo en el momento que Seth apartaba de su alcance un salero, y el corazón se le quedó un buen rato martilleándole contra el pecho del susto. Sería un milagro que no le diese un ataque de nervios antes de que acabasen de desayunar.

Victoria dejó los cubiertos sobre su plato, y le dijo:

—Espero que Seth te invite a unas vacaciones cuando Javier y él terminen con sus reuniones de negocios.

—¿Perdón? —inquirió Alexa, esforzándose por no quitarle el ojo de encima a los gemelos a la vez que trataba de seguir la conversación con Victoria.

Ésta se limpió los labios delicadamente con la servilleta de lino y dijo:

—Creo que te mereces un premio después de tener que encargarte de dos críos.

—Bueno, es mi trabajo, aunque sólo sea temporal.

Victoria se inclinó hacia ella y le susurró:

—Pues es evidente que él no te ve como a una niñera.

Alexa difícilmente podía negarlo cuando ella misma apenas podía disimular las miradas que le echaba a él.

—Bueno, la verdad es que apenas nos conocemos —murmuró.

Victoria agitó la mano, como restando importancia a aquel detalle, y la luz arrancó un destello de su anillo de casada.

–Esas cosas no importan demasiado en las cuestiones del corazón. Yo supe que Javier era el hombre de mi vida en cuanto lo conocí –dijo mirando con una sonrisa afectuosa a su marido–. Nos llevó un tiempo reconocer que el sentimiento era mutuo, pero si hubiera escuchado a mi corazón desde el principio, nos habríamos ahorrado muchos meses de sufrimiento innecesario.

–Ya, pero en este caso se trata sólo de trabajo –respondió Alexa, confiando en que si insistía en ello parecería que estaba siendo objetiva.

–Por supuesto –concedió Victoria, pero aun así la sonrisa no se borró de sus labios–. Lo siento, no pretendo entrometerme. Es sólo que por lo que me ha contado Javier parece que Seth se ha vuelto un adicto al trabajo desde que se divorció, y no ha tenido tiempo para ningún tipo de relación.

–No tienes que disculparte –dijo Alexa, consciente de que cualquiera que los viera juntos se llevaría la impresión equivocada.

La atracción entre ambos era innegable.

–La verdad es que supongo que estoy siendo egoísta –dijo Alexa, sacándola de su ensoñación–. Si Javier y Seth firman ese contrato, tal vez podríamos vernos de nuevo. Adoro a mi marido, pero su círculo social, por cuestiones de seguridad, es muy reducido, y por regla general desconfía de la gente a la que acabamos de conocer, pero parece que se fía de Seth. Me encantaría que pudiéramos ser amigas.

Alexa comprendía perfectamente a qué se refería. Ella también se había sentido muy sola durante su adolescencia, y de pronto se sintió culpable por haber pensado siquiera en utilizar a los Cortez como un mero contacto para su carrera profesional.

–A mí también me gustaría –respondió con sinceridad–. Seguro que lo pasaremos muy bien juntas.

¿Pasarlo bien?, repitió su conciencia. Se suponía que debía estar en Charleston, ocupándose de su empresa. Inspiró profundamente. No, se suponía que había ido allí para intentar mejorar la situación de su empresa, pero no había nada de malo en ser amable y disfrutar un poco.

–Podríamos ir a dar un paseo por la ciudad con los niños, y también ir de compras –propuso.

–Eso sería perfecto –dijo Victoria–. Y luego si te apetece podríamos ir a la piscina.

Alexa tenía el bañador, y no tenía ningún motivo para decirle que no a Victoria, pensó lanzándole una mirada a los niños. Justo en ese momento Owen estaba cerrando una de sus manitas sobre una de las fresas de su hermana, y el pánico se apoderó de Alexa al ver que iba a llevársela a la boca.

–¡Owen, no te comas eso!

Se abalanzó hacia él, agarrándole la muñeca cuando faltaba poco para que la fresa llegara a su boca, y el niño contrajo el rostro enfurruñado y empezó a berrear. Seth trató de calmarlo, y a Alexa no le dio tiempo siquiera de lanzar una advertencia… antes de que el bol de papilla de Olivia saliera disparado y fuera a caer justo en el regazo de Javier Cortez.

Capítulo Cinco

Cuando vio a Alexa con aquel bañador negro tan sexy Seth sintió como si algo lo golpeara en el estómago. Se detuvo junto al bar que había a unos metros de la piscina del hotel, y disfrutó de la vista, un placer que se agradecía después del tenso día de negociaciones que había tenido.

Mientras se aplicaba la crema de protección solar en los brazos y se reía de algo que había dicho Victoria, le pareció aún más sexy. Los gemelos dormían la siesta en un corralito colocado a la sombra de una pequeña carpa.

Sólo quedaba una media docena de huéspedes del hotel a esa hora: una pareja joven tomándose una copa en la barra, y una familia jugando con una pelota de playa en la parte poco profunda de la piscina. Él, sin embargo, sólo tenía ojos para aquella diosa del bañador negro.

Debería estar celebrando el éxito de sus negociaciones: Cortez quería que los acompañara ese fin de semana a la isla privada del rey para enseñarle la pista de aterrizaje y analizar unos cuantos detalles. Incluso podía llevar a los niños, le había dicho. El rey tenía a una niñera muy cualificada en la isla para cuando iban a visitarlo sus nietos.

Seth estaba más decidido que nunca a mantener a Alexa a su lado, a ganársela, a seducirla y llevarla a su cama hasta satisfacer esa potente atracción que había entre ellos. Aún no sabía cómo iba a hacerlo, pero no la dejaría ir sin haberlo conseguido.

Se moría por asirla por las caderas y dejar que sus manos se deslizaran por ellas hasta la cara interna de sus muslos para encontrar el calor húmedo entre ambos que estaba seguro que estaba esperándolo.

El ruido de chapoteo en la parte poco profunda de la piscina lo devolvió a la realidad. Tenía que hacer algo para refrenar esa clase de pensamientos en público. Y hasta cuando estuvieran a solas. Tenía que ser paciente. No quería ahuyentarla, se dijo recordando cómo había reaccionado cuando la había besado. Era evidente que había estado tan excitada como él, pero esa mañana, mientras se preparaban para bajar a reunirse con los Cortez en el comedor, había estado evitándolo.

Sin embargo, había tenido la sensación de que había ido ablandándose durante el desayuno. La había pillado mirándolo más de una vez, con una mezcla de confusión y atracción, y el recuerdo del beso escrito en sus ojos.

Se apartó del bar y fue hasta donde estaban Alexa y Victoria.

—Buenas tardes, señoras.

Sobresaltada, Alexa alzó la mirada hacia él. La vio abrir mucho los ojos, y habría jurado al mirarle los brazos, que se le había la carne de gallina por la excitación.

Alexa tomó la bata de playa que había dejado sobre la mesa y se apresuró a ponérsela, pero a Seth le dio tiempo a ver que se le habían endurecido los pezones. Su propio cuerpo palpitó de excitación, ansiando poder tomar aquellas circunferencias perfectas en las palmas de sus manos.

–Seth, no esperaba que acabarais tan pronto –balbució.

Victoria tomó su cesta de playa.

–Si ya habéis terminado con vuestras negociaciones imagino que mi marido estará libre –le dijo a Seth poniéndose de pie–, así que si me disculpáis...

Se despidió de ellos y se marchó. Qué a tiempo, pensó Seth, tomando asiento en la tumbona que había dejado libre, junto a Alexa.

–¿Qué tal se han portado los niños?

–No me han dado ningún problema. He apuntado todo lo que han comido y a qué hora se han puesto a dormir la siesta. Haber estado jugando en la piscina los ha dejado agotados –dijo Alexa jugueteando con la cinta que cerraba la bata, justo entre sus pechos.

Seth se obligó a mirarla a la cara.

–Me gustaría que te quedaras con nosotros un par de días más.

Ella lo miró boquiabierta antes de tragar saliva.

–¿Quieres que me quede más tiempo...? No puedo. Mi negocio es un negocio pequeño y...

–¿Y no puede ocuparse tu socia?

–No puedo cargarla con todo indefinidamente. Además, no podemos permitirnos pérdidas.

Ésa precisamente era la razón por la que Seth no

quería contratar los servicios de su compañía, porque era demasiado pequeña y no contaba con los recursos ni el personal necesario. Se inclinó hacia delante apoyando los codos en las rodillas.

–Creía que habías aceptado esa subcontrata para impresionarme y conseguir una entrevista conmigo.

–Y así es –Alexa dobló las piernas y se abrazó las rodillas contra el pecho–, pero también hay otras compañías para las que trabajamos, y tengo papeleo del que ocuparme.

–Eso no debe dejarte mucho tiempo para tu vida privada.

Como el sol de la tarde le estaba pegando de pleno, se quitó la chaqueta y se aflojó la corbata. ¡Cómo odiaba la ropa que lo constreñía!

–Es una inversión de futuro –respondió Alexa.

–Lo comprendo –Seth posó la mirada en sus hijos, que dormían plácidamente en el corralito.

–Tú eres un hombre que te has hecho a ti mismo, y eso es admirable. Yo también tengo sueños, y estoy esforzándome por hacerlos realidad –le dijo ella.

Estaba a punto de cerrar un acuerdo con Javier Cortez para proporcionar aviones privados a la familia real de los Medina. Aquello le daría a su compañía el impulso que necesitaba y podría por fin montar una fundación sin ánimo de lucro para operaciones de búsqueda y rescate, lo que siempre había querido hacer. Estaba a un paso, y debería estar feliz, pero en vez de eso estaba inquieto. ¿Y por qué? Porque no podía tener a aquella mujer en la que no podía dejar de pensar.

–Bueno, olvidémonos por ahora de mañana y del trabajo. Ya hablaremos de eso luego. Deberíamos disfrutar del resto de la tarde ya que estamos aquí.

–¿Y qué es lo que tenías en mente exactamente? –inquirió ella, mirándolo recelosa.

Seth se levantó con la chaqueta en la mano.

–Vamos a salir por ahí.

–¿Con los gemelos? ¿No has tenido ya bastante con la experiencia del desayuno?

Él sonrió y se acercó para levantar en brazos a la pequeña Olivia, que todavía estaba adormilada.

–Confía en mí, todo irá bien.

–Si tú lo dices... –respondió ella acercándose para tomar a Owen en brazos.

–Por supuesto que sí. Espera a ver lo que tengo planeado –dijo Seth–. Ponte algo con lo que estés cómoda. Y no estaría de más llevarnos una muda para los niños, por si se manchan.

Alexa todavía no veía muy claro que aquello fuese una buena idea, pero se encogió de hombros y lo siguió dentro del hotel.

Seth estaba cerrando la puerta detrás de él cuando oyó a Alexa emitir un gemido ahogado, como si acabara de darse cuenta de algo.

–¿Te has dejado alguna cosa en la piscina? –inquirió él sin volverse.

Al ver que Alexa no contestaba, se giró y vio que estaba mirándolo espantada. ¿Qué diablos...? Fue cuando alzó una mano temblorosa para señalar cuando vio que no estaba mirándolo a él, sino a Olivia, a la que él llevaba en brazos.

Lo que estaba señalando era la cara de Olivia: tenía un bulto en la aleta izquierda de la nariz, como si se hubiese metido algún objeto.

Sentada en el borde del sofá de su *suite* con Olivia en su regazo, Alexa se esforzó por reprimir el pánico mientras trataba de sujetar a la pequeña, que no dejaba de revolverse. La subida en el ascensor había sido desquiciante, con Seth intentando mirarle la nariz a Olivia, y la niña más agitada por momentos.

¿En qué momento podría haberse metido aquello en la nariz? Y, una pregunta aún más importante: ¿qué era lo que se había metido? Alexa contrajo el rostro angustiada. No le había quitado los ojos de encima un segundo mientras habían estado en la piscina, excepto cuando los niños se habían echado a dormir la siesta. ¿Se habría despertado la pequeña en algún momento y ella no se había dado cuenta? ¿Habría encontrado algún objeto pequeño en el corralito?

Seth se había arrodillado delante de ella, y estaba intentando tomar la cabeza de su hija entre las manos.

–Me parece que podré sacárselo si la sujetas para que pueda empujar con el pulgar por fuera de la nariz.

–Créeme, lo estoy intentando –respondió ella. Pero Olivia no hacía más que chillar y patalear, dándole patadas a su padre en el estómago. La carita se le había puesto roja del sofoco, y estaba perlada con sudor.

Seth le soltó la cabeza y miró a su alrededor.

–¿Está por ahí el bote de pimienta de la cena de anoche? –le preguntó a Alexa.

Ella sacudió la cabeza.

–El servicio de limpieza se lo llevó todo esta mañana. Oh, Dios, Seth, no sabes cómo lo siento… No sé cómo ha podido pasar…

De pronto se oyó un golpetazo. Alexa y Seth se miraron espantados.

–¡Owen!

Los dos se levantaron como un resorte en el instante en que se oyó un llanto detrás del sofá. Alexa corrió detrás de Seth con Olivia en brazos. Owen se había quedado sentado en el suelo al caerse, aunque parecía que no estaba llorando porque se hubiese hecho daño, sino por el susto. Había intentado encaramarse a una silla y se había caído.

Seth se arrodilló a su lado y le frotó los brazos y las piernas con las manos.

–¿Te has hecho daño, hijo? Ya te he dicho que no te subas a los sitios, que te caes –le riñó acariciándole la frente, donde la cicatriz atestiguaba la brecha que se había hecho–. Tienes que ser bueno y hacerle caso a papá.

Seth lo levantó del suelo y lo apretó contra sí un instante exhalando un suspiro de alivio.

–Toma tú a Owen –le dijo a Alexa–. Tú te quedas aquí con él y yo me llevo a Olivia a urgencias.

–¿Todavía te fías de mí?

–Pues claro que sí–. Los accidentes ocurren.

Se inclinó hacia ella para tomar a Olivia, pero la pequeña dio un chillido y se agarró con más fuerza al cuello de Alexa, apartando la cara, frenética, para rehuir a su padre.

Seth frunció el ceño.

–Eh... ¿qué pasa, hija? Soy yo, soy papá.

Alexa le dio unas palmaditas en la espalda a la pequeña y la acunó moviéndose a un lado y a otro.

–Debe creer que vas a intentar apretarle la nariz otra vez.

–Olivia, hija, no voy a hacerte nada, pero tenemos que irnos –dijo Seth.

Dejó a Owen en el suelo y arrancó de los brazos de Alexa a la pequeña, que se puso a llorar de tal modo que su hermano empezó a sollozar.

–Seth, deja que la tome yo en brazos o se pondrá más nerviosa. Podemos ir los dos a urgencias y llevarnos a Owen –le propuso.

–Tienes razón. Necesitamos que nos lleven –dijo Seth. Corrió al teléfono para hablar con la recepción del hotel–. Soy Seth Jansen. Pídanos un taxi para que nos lleve a urgencias del hospital más cercano.

Alexa se calzó las sandalias que se había puesto para bajar a la piscina. Por suerte le había dado tiempo a echarse un jersey encima del bañador y ponerse un pantalón. Salieron al pasillo y subieron al ascensor. Alexa trataba de calmar a Olivia, que por lo menos ya sólo sollozaba y había dejado de chillar.

Los pisos parecían pasar muy despacio. De pronto el ascensor se detuvo y cuando las puertas se abrieron entró el matrimonio anciano con el que se habían encontrado al bajar a desayunar.

Esa vez iban vestidos para salir a bailar y a cenar. La mujer se inclinó hacia Olivia y le preguntó:

–¿Qué pasa, bonita, por qué estás llorando?

–Se ha metido algo en la nariz –explicó Seth, tenso por la preocupación. Miró la pantalla que indicaba el piso por el que iban, como si eso fuese a hacer que el ascensor fuera más rápido–. La llevamos a urgencias.

Como si notase lo tenso que estaba su padre, Olivia apretó el rostro contra el cuello de Alexa.

La mujer miró a su marido y le guiñó un ojo con complicidad. El caballero, que iba muy elegante con su esmoquin, alargó el brazo hacia Olivia.

–¿Qué es eso que tienes detrás de la oreja, pequeña? –dijo, como si fuera a hacer un truco de magia.

La niña giró la cabeza para mirar y entonces la mujer, rápida como el rayo, alargó la mano y deslizó un dedo con fuerza por la nariz de Olivia. Un botón blanco cayó en su mano. La mujer lo levantó para compararlo con los de la camisa de Seth. ¡Era de su camisa! Ni siquiera se habían dado cuenta de que le faltaba uno, justo debajo del primero.

Sorprendido, Seth le dio las gracias y se apresuró a guardarlo en el bolsillo antes de que Olivia pudiese echarle mano.

–Debía estar suelto y me lo habrá arrancado antes, cuando la saqué del corralito –dijo.

Alexa se había quedado maravillada de la facilidad con que la pareja se las había apañado para sacar el botón de la nariz de Olivia.

–¿Cómo lo han hecho?

El hombre se ajustó la pajarita con una sonrisa.

–Cuando se han tenido varios hijos uno va adquiriendo práctica, y hay cosas que nunca se olvidan. Ya verán como dentro de poco le van pillando el truco.

La pareja salió del ascensor, dejando dentro a Alexa y Seth. Las puertas se cerraron de nuevo, y Alexa apoyó la espalda aliviada contra la pared mientras Seth llamaba a recepción para decirles que podían cancelar el taxi. Volvieron a subir a la *suite*, pero antes de entrar se detuvo y se volvió hacia Alexa.

–Gracias –le dijo.

–¿Por qué? Me siento como si te hubiera defraudado –murmuró.

Se sentía tan aturdida aún por el susto y la preocupación que no podía ni imaginarse como debía sentirse él, que era el padre.

–Por estar a mi lado. Mi familia siempre está diciéndome que me cuesta mucho pedir ayuda, y es verdad. Soy un hombre orgulloso y me cuesta admitir que no puedo hacerlo todo yo solo. Pero ahora tengo que reconocer que tener a alguien a tu lado hace que las cosas sean más fáciles. Como hoy.

Sus ojos verdes esmeralda la miraban de un modo cálido. Alexa necesitaba tanto creer en la sinceridad que veía en sus ojos… Se sentía apreciada, valorada como persona.

–No hay de qué.

Por un momento creyó que iba a besarla, y un cosquilleo recorrió sus labios anticipando el momento, pero Seth miró a los niños y sacó la llave de la *suite*.

–¿Te parece que nos cambiemos y preparemos la bolsa con las cosas de los niños para irnos? Aún tenemos toda la tarde por delante.

Alexa parpadeó y se quedó paralizada un instante, aturdida. ¿Aún tenían toda la tarde por delante?

Ella estaba agotada emocionalmente, sin embargo, la idea de pasar fuera la tarde con Seth y los niños resultaba demasiado tentadora como para declinar.

La tarde estaba siendo perfecta. Había comenzado con un *picnic* en un parque del siglo XVII cerca del puerto. Los niños habían jugado, habían comido, y se habían manchado todo lo que habían querido.

Luego Seth había alquilado un coche de caballos para recorrer el casco antiguo de la ciudad al atardecer. Olivia y Owen se habían puesto como locos al ver el caballo. Aunque los niños ya tendrían que estar en sus cunitas, Seth había pagado al conductor para que continuara por la ribera del río. El sonido de los cascos del caballo hizo que los niños se durmieran.

Aquella era una noche tan perfecta que parecía sacada del cuento de *Cenicienta*. La única diferencia era que Cenicienta tenía un final feliz en el que el príncipe y ella vivían felices para siempre, y para ella aquello sólo era algo temporal.

No podía perder de vista la realidad, ni el hecho de que Seth Jansen era un astuto hombre de negocios. Sabía que la deseaba. ¿Podría ser tan retorcido como para estar utilizando a sus hijos para retenerla allí?

Recordó la manera tan intensa en que la había estado mirando unas horas antes, junto a la piscina. Sus ojos habían recorrido su cuerpo con una mirada ardiente, hambrienta.

Años atrás no habría sido incapaz de ponerse en bañador por miedo a que la gente descubriera su secreto y por sus inseguridades. Había superado aquello, pero ante la posibilidad de tener relaciones íntimas con un hombre aquellos temores volvían porque sabía que le preguntarían por qué tenía esas estrías cuando no había tenido ningún hijo. Lo había superado, pero no era algo de lo que la agradase hablar.

Apoyó la barbilla en la cabecita de Owen y le preguntó a Seth, que iba sentado frente a ella con Olivia en brazos:

—¿Qué tal van tus negociaciones con Cortez?

—Parece que vamos avanzando; estamos más cerca de cerrar un trato y mi instinto me dice que hay posibilidades de que consiga añadir a la familia Medina a mi cartera de clientes.

—Bueno, si quiere que sigáis negociando eso tiene que ser buena señal —observó ella.

—Así lo veo yo también —asintió él—. ¿Y tú qué tal has pasado el día? Parecía que estabas divirtiéndote con Victoria.

Los recuerdos de la intensidad con que la había mirado en la piscina y el beso de la noche anterior acudieron a su mente, y la invadió una ola de calor. La brisa jugueteaba con su cabello, desordenándolo. Alexa le confesó a Seth:

—Me siento culpable de llamar a esto trabajo cuando parecen más unas vacaciones.

—Tener que estar pendiente todo el tiempo de dos niños no son vacaciones —apuntó él.

—Pero tú me has echado una mano cada vez que has podido, y Victoria también me ha ayudado mucho hoy.

—Sí, bueno, aunque ninguno de los dos pudimos

evitar el incidente de la papilla esta mañana en el desayuno –comentó Seth riéndose–. Suerte que Cortez es más campechano de lo que esperaba.

Alexa cambió con cuidado de postura para que Owen estuviera más cómodo.

–Lo de este paseo en coche de caballos ha sido una gran idea –le dijo a Seth–. A los niños les ha encantado y ahora duermen como benditos.

Seth sonrió.

–Pasé mucho tiempo en contacto con la naturaleza durante mi infancia, y me gusta que mis hijos disfruten también del aire libre cuando están conmigo.

Ya estaba anocheciendo, y la luz de la luna se reflejaba en las aguas que bañaban el puerto.

–La verdad es que esto es idílico –murmuró ella–: la brisa del mar, el entorno histórico…

–Y el buen tiempo –añadió Seth–. Me encanta el buen tiempo que hace aquí todo el año.

–Bueno, todo el año… de enero a marzo el viento del océano corta como un cuchillo.

Seth se echó a reír.

–¡Qué exagerada eres! Para decir eso es evidente que no has estado nunca en Dakota del Norte. A mi tío se le formaban carámbanos en la barba. Del frío.

–¿Me estás tomando el pelo?

–No, en serio. Mis primos y yo salíamos fuera a jugar, hiciera el frío que hiciera; estábamos acostumbrados.

–¿Y qué hacíais para divertiros? –inquirió ella.

–Montábamos a caballo, íbamos de excursión a la montaña, nos deslizábamos por las laderas con nuestros trineos cuando nevaba… Y luego, ya un poco más mayor yo aprendí a pilotar una avioneta y descubrí lo mucho que me gustaba volar.

Alexa sonrió. Seth era mucho más que un hombre de negocios que se había hecho millonario por una idea que había patentado.

–¿Qué me cuentas de ti? ¿Qué querías ser de mayor?

Ella se encogió de hombros y respondió de un modo evasivo:

–Estudié lo que siempre quise estudiar: Historia del Arte

–¿Pero por qué Historia del Arte precisamente?

–Por mi obsesión con buscar la belleza.

Estaban acercándose peligrosamente a aquella parte de su pasado que la incomodaba. Alexa señaló un barco con aspecto antiguo, con sus velas y todo, amarrado al muelle, donde se oían música y risas.

–¿Qué será eso?

Seth vaciló un instante antes de contestar, como si se hubiera dado cuenta de que estaba intentando desviar la conversación.

–Es una réplica de un barco pirata, el *Black Raven*. Organizan fiestas para niños y adultos –explicó señalando a una pareja vestida con trajes de época que se dirigía allí–. He pensado que algún día podría alquilarlo para organizar la fiesta de cumpleaños de los niños.

Alexa se rió.

–Ya te imagino con una camisa pirata, a lo Jack Sparrow. Seguro que estarías más cómodo, sin tener que estar tirándote de la corbata todo el tiempo.

–Vaya, no sabía que se me notara tanto.

Ella se encogió de hombros y se quedó callada.

–Hay un montón de cosas que espero poder enseñarle mis hijos algún día –dijo Seth. Señaló el cielo–. Enseñarles a distinguir la Osa Mayor. O mi constelación favorita, el cinturón de Orión. ¿Ves esa estrella anaranjada? Es Betelgeuse, una supernova roja.

–Si hubieras nacido antes de que se inventaran los aviones seguro que habrías sido pirata, y habrías surcado los mares guiándote por las estrellas.

–Para volar también es útil conocerlas –le dijo él–. Cuando iba buscando montañistas perdidos y los instrumentos de navegación del avión se estropeaban, Betelgeuse me salvó en más de una ocasión, evitando que me perdiera.

Alexa recordó haber leído algo de eso cuando había buscado información sobre él antes de mandarle su propuesta.

–Ah, sí, al principio tu compañía se dedicaba a hacer búsquedas y rescates en la montaña, ¿no?

–Así es. Es lo que más me gustaba. Bueno, y lo sigue siendo –dijo él con pasión.

–¿Y entonces por qué lo has cambiado por el alquiler de aviones privados?

–Por desgracia buscar y rescatar a gente no da mucho dinero; pero ahora que el negocio está yendo bien espero poder crear una fundación en la que me volcaría más, y dejaría el negocio en manos de otra persona.

De pronto las piezas del complejo puzzle que era Seth empezaban a encajar: el millonario, el padre, el filántropo… Y encima era guapo, pensó Alexa. Era un auténtico peligro.

Seth la miró a los ojos y, sin previo aviso, se levantó y se sentó a su lado. Alexa, de inmediato, notó ese magnetismo suyo que parecía tirar de ella.

Seth le pasó un brazo por los hombros, atrayéndola hacia sí, y ella se dejó hacer. Se sentía cómoda, pero a la vez inquieta. ¿Hasta dónde quería dejar que llegase aquello? Aunque él no había vuelto a mencionarlo, no se había olvidado de que le había pedido que se quedara un par de días más. No quería mezclar el trabajo con lo personal.

Habían llegado a su hotel. El coche de caballos se detuvo frente a la fachada y después de que Seth pagara al conductor entraron y subieron a su *suite*.

Los niños estaban demasiado adormilados como para bañarlos, así que los metieron directamente en sus cunitas.

Aquella tarde le había dado la oportunidad de aprender más cosas de ella, y estaba empezando a sentirse algo culpable. Alexa tenía un gran corazón, pero también parecía tener metida en la cabeza la idea de que podría convencerlo para que contratara los servicios de su pequeña empresa de limpieza. Ya le había dicho que no estaba interesado, pero sospechaba que ella creía que podía hacerle cambiar de opinión.

Tenía que aclarar aquello antes de que las cosas fuesen más lejos. No tenía elección, tenía que ser sincero con ella. Se lo debía cuando menos por lo paciente y cariñosa que estaba siendo con sus hijos.

Cuando salió del dormitorio se encontró con Alexa, que venía del cuarto de baño. Seguía vestida con la falda y la blusa que se había puesto para salir, pero estaba descalza.

–Esta tarde mencionaste que querías que me quede un par de días más y me dijiste que hablaríamos luego de ello –dijo Alexa.

–Sí, es que ha habido un cambio de planes. No voy a regresar a Charleston mañana por la mañana.

–¿Vas a quedarte aquí? –inquirió ella confundida.

Preocupado por que pudieran despertar a los pequeños, cerró suavemente la puerta y condujo a Alexa hacia el sofá.

–No exactamente –dijo, haciéndole un ademán para que tomara asiento. Cuando lo hubo hecho, él se sentó a su lado–. Mañana Cortez y yo vamos a ir a la isla privada del rey; quiere mostrarme la pista de aterrizaje y que hablemos de las posibilidades que habría de mejorar las medidas de seguridad.

–Vaya, eso es estupendo, me alegro por ti –respondió ella con una sonrisa.

El que Alexa se alegrara sinceramente por su éxito hizo a Seth sentirse todavía más culpable.

–Necesito decirte algo.

Ella lo miró con cierto recelo.

–Te escucho.

–Quiero que vengas conmigo –la tomó por la barbilla y la besó–. No por nuestro acuerdo, ni por los niños, sino porque te deseo. Y antes de que lo preguntes, sí, cumpliré mi promesa de recomendar tu empresa a mis contactos, y escucharé tu propuesta, pero eso es todo lo que puedo ofrecerte.

Alexa palideció de repente, y abrió mucho los ojos.

–Estás intentando decirme que no tienes la menor intención de considerar mi propuesta. ¿No es eso?

Seth asintió.

–Tu empresa es demasiado pequeña para las necesidades de la mía; lo siento.

Alexa se mordió el labio y se encogió de hombros.

–No tienes que disculparte. Ya me lo dijiste el primer día; pero yo me negué a escucharte.

–Creo que tu empresa va por buen camino –le dijo Seth–. Y si nos hubiéramos conocido dentro de un año tal vez mi respuesta habría sido diferente.

No pudo evitar preguntarse si las cosas habrían sido distintas también en lo personal: dentro de un año sus hijos serían un poco más mayores, y ya no tendría clavada tan honda la espinita del divorcio.

–Entonces mañana me marcharé –murmuró Alexa.

Una sombra cruzó por su rostro cuando lo miró. Seth no estaba seguro de si era enfado o pena, pero decidió arriesgarse e insistir por si fuera lo segundo.

–O podrías venir con los niños y conmigo a la isla. Sólo son dos días.

Alexa apretó los labios.

–Puede que tú tengas libres todos los fines de semana, pero Bethany y yo tenemos que trabajar uno sí y otro también para poder sacar adelante la empresa. Además, ya he perdido dos días porque esperaba que pudiera cuajar una propuesta de negocio. No puedo seguir cargando a Bethany con todo.

–Pienso cumplir lo que te he prometido, Alexa. Vamos, he sido sincero contigo –le dijo Seth–. Y pagaré lo que os haga falta si necesitáis contratar a alguien para este fin de semana.

Ella lo miró espantada.

–Ya me has pagado más que suficiente. No se trata del dinero.

–Es igual, no me importa lo que tenga que pagar. Considéralo un extra por lo bien que lo estás haciendo con mis hijos. Además, necesito tu ayuda.

Alexa se cruzó de brazos, poniéndose a la defensiva.

–¿Ahora pretendes hacerme creer que quieres que me quede por los gemelos?

–Me gusta lo felices que se les ve cuando estás con ellos. Te adoran.

–Y yo los adoro a ellos, pero aunque acceda a esta descabellada propuesta, dentro de un par de días volveremos cada uno a nuestra vida y ya no los veré más.

–Puede que sí o puede que no –la cortó Seth tomándola de ambas manos.

¿Por qué había dicho eso? Creía que tenía claro que no quería nada serio.

Alexa soltó sus manos.

–No estoy preparada para tener una relación.

Seth sintió una punzada en el pecho. ¿No era eso precisamente lo que esperaba oír? ¿Por qué le habían dolido entonces esas palabras?

Puso una mano en la mejilla de Alexa.

–No tiene por qué ser una relación.

–¿Y entonces qué, sólo sexo?

El oír aquella palabra de sus labios hizo que una ráfaga de deseo lo sacudiera.

–Ésa es la idea, seguir donde lo dejamos anoche.

Seth aguardó impaciente su respuesta. Alexa esbozó una media sonrisa, y deslizó sus manos lentamente por su camisa como si todavía estuviese pensándoselo. Aquella leve caricia hizo que Seth se excitara aún más. Los dedos de Alexa se detuvieron justo antes de llegar al cinturón y lo miró a los ojos.

–¿Sólo este fin de semana? –inquirió para cerciorarse.

–Sólo este fin de semana –respondió. O algún día más. En ese momento no estaba seguro más que de una cosa: de que la deseaba–. Empezando ahora mismo.

Capítulo Seis

Alexa se inclinó hacia Seth, ávida de sus caricias. Había ansiado sentir sus manos en su piel desde la primera vez que lo había visto. Estaba enfadada porque de pronto se habían desbaratado sus esperanzas de conseguir un contrato, pero en cierto modo también la había hecho sentirse aliviada. Ahora que ya no había relación laboral entre ellos, no tenía que seguir refrenando la atracción que sentía hacia él.

Sólo había tenido relaciones con dos hombres antes de Travis, y después de Travis con nadie más. Alexa era la clase de persona que sólo daba ese paso tras meses de relación. Aquello era completamente inusual en ella, y no hacía sino poner de relieve lo potente que era esa atracción que sentía hacia Seth.

La posibilidad de tener un romance con él era una tentación muy grande como para resistirse.

Besó la palma de la mano de Seth. Aquello le arrancó de la garganta un rugido de deseo que avivó el de ella.

Sin apartar la mano de su mejilla, Seth inclinó la cabeza para besarla en el cuello, haciendo que una serie de escalofríos deliciosos descendieran por su espalda. Alexa echó la cabeza hacia atrás para que pudiera besarla mejor, y él le apartó el cabello con una mano antes de tomarla por la cintura para atraerla hacia sí.

Luego sus labios se lanzaron sobre su cuello, alternando besos y suaves mordiscos. Empujó con la barbilla el cuello de la blusa, raspando ligeramente su piel.

Alexa podía notar la tensión en los músculos de Seth, una tensión que le decía lo mucho que le estaba costando ir despacio. Por eso, el que estuviera mostrándose tan meticuloso la excitó aún más.

Lo agarró por la camisa atrayéndolo más hacia sí. Seth se puso de pie, la alzó en volandas, y Alexa le rodeó el cuello con los brazos para no caerse.

Seth la llevó a su dormitorio y la depositó en la cama. Luego dio un paso atrás y empezó a desabrocharse la camisa con ella observándolo. Sin embargo, no parecía que le molestara, sino que incluso lo excitaba.

Se quitó la camisa y se desabrochó el cinturón, después se bajó la cremallera de los pantalones, y Alexa vio que estaba tan excitado como ella. Su miembro se había puesto rígido y se levantaba orgulloso hacia los músculos de su abdomen. Su pecho, de contornos bien definidos, estaba salpicado de vello dorado. Parecía una escultura de un dios griego, y esa noche era todo suyo...

Sin embargo, mientras lo devoraba con la mirada, Alexa se puso nerviosa al pensar que pronto le tocaría a ella desnudarse.

Se giró hacia la mesilla y alargó el brazo para apagar la lámpara, rogando que él no insistiera en que la dejara encendida. Sus ojos se hicieron poco a poco a la oscuridad, que se tornó en penumbra con la luz de la luna, que se filtraba por las finas cortinas blancas de la ventana. Alexa esperó, Seth no dijo nada.

Alexa tragó saliva para intentar controlar sus nervios, se incorporó, quedándose sentada, y se sacó la blusa por la cabeza. Seth se quitó los pantalones, se subió a la cama, y se colocó sobre ella, empujándola suavemente para que se reclinara sobre los almohadones.

Bajó la mano al cierre de su falda, y Alexa vio en sus ojos que estaba esperando su consentimiento. Por toda respuesta, Alexa entrelazó los dedos en su pelo, lo atrajo hacia sí para besarlo y abrió la boca, ofreciéndose a él. Absorta como estaba en el beso, apenas se dio cuenta cuando Seth se deshizo hábilmente de su falda y le desabrochó el sujetador. Se notaba cada vez más ansiosa. Quería más, quería que fueran más deprisa. Se agarró a los hombros de Seth, susurrándole eso mismo al oído, pero él parecía dispuesto a tomarse su tiempo.

Descendió por su cuello con besos y suaves mordiscos, y cuando llegó a sus senos tomó primero un pezón y luego el otro en su boca, succionando y lamiéndolos con la lengua. Las uñas de Alexa le arañaron ligeramente la espalda.

La mano de él, que estaba deslizándose entre su cuerpo y el de ella, se detuvo al llegar a su ombligo.

—Desde el otro día, cuando te vi con ese bañador negro con ese escote tan pronunciado, no he podido dejar de pensar en tu ombligo —murmuró Seth—. Estaba deseando tocarlo; tocarte.

—No te detengas —le rogó ella en un susurro.

Seth prosiguió con aquel dulce tormento, y pronto la desesperación de Alexa era tal que estaba moviendo la cabeza de un lado a otro sobre los almohadones. Rodeó la pierna de Seth con la suya, apretándose contra su duro muslo. Seth se apartó de ella, y Alexa protestó con un gemido.

–Shhh... –la tranquilizó él, poniendo un dedo sobre sus labios–. Sólo será un segundo.

Abrió el cajón de la mesilla de noche y sacó un paquete de preservativos.

Un segundo después volvía a colocarse sobre ella, y la mente de Alexa se quedó en blanco cuando la penetró. Su miembro era tan grande... Le rodeó la cintura con las piernas, abriéndose más para él, deleitándose en la sensación de tenerlo dentro de sí.

De pronto Seth rodó sobre la espalda y Alexa se encontró tumbada sobre él. Se irguió, notando cómo su miembro se hundía aún más en ella. Los ojos de él ardían. La agarró por la cintura, y Alexa empujó sus caderas contra las de él.

Echó la cabeza hacia atrás, maravillada por la exquisita sensación que la sacudió. Era el ángulo perfecto; al moverse, la punta del miembro de Seth había tocado justo el punto más sensible, oculto entre sus piernas. Seth empezó a sacudir también sus caderas contra las de ella, y cada embestida la excitaba todavía más, hasta que pronto se encontró arañándole el pecho, desesperada por saciar su deseo.

Nunca se había sentido tan fuera de control. Creía que conocía su cuerpo, y los placeres que un hombre podía proporcionarle en la cama, pero nunca había experimentado nada tan intenso como aquello, como aquel ardiente cosquilleo en todo su ser.

Volvieron a cambiar de postura, con él encima de

ella embistiéndola más deprisa, con fuerza, mientras la cabeza de su miembro atormentaba ese punto dentro de ella una y otra vez hasta que...

Una miríada de sensaciones explotaron dentro de ella, y vio destellos de luz blanca tras sus párpados cerrados. La boca de Seth cubrió la suya, ahogando sus jadeos y sus gritos al tiempo que las últimas oleadas de placer la sacudían.

Seth rodó sobre el costado y la apretó contra su pecho. Los tapó a ambos con las sábanas, y la besó tiernamente en la cabeza mientras le acariciaba la espalda. Alexa, que tenía el oído pegado a su pecho, podía oír los fuertes latidos de su corazón.

¿Qué acababa de ocurrir? Aquello había sido el sexo más increíble de su vida. Cuando el fuego del deseo empezó a apagarse, aquel pensamiento la asustó. Tenía que distanciarse para recomponer sus defensas. Establecer su independencia después de su divorcio había sido difícil. No quería volver a tener esa dependencia emocional que había tenido con Travis.

Cuando la respiración de Seth se relajó y comenzó a roncar suavemente, se apartó de él y se bajó muy despacio de la cama. Necesitaba pensar en lo que acababa de pasar entre ellos. Se puso la blusa y las braguitas, notando todavía su cuerpo extremadamente sensible. Recogió su falda y el sujetador del suelo, y fue hacia la puerta.

—¿Te marchas? —preguntó él desde la cama, cuando ya tenía la mano sobre el picaporte.

Alexa se volvió y, manteniendo la cabeza alta, respondió:

–Me voy a dormir a mi habitación.

Seth se incorporó y se estiró para desperezarse. Al ver cómo se movían los músculos de su ancho tórax Alexa sintió un deseo irreprimible de volver a la cama.

–No te sientes preparada para que durmamos juntos –dedujo masajeándose el cuello con la mano.

–Me gustaría hacerlo –respondió ella. ¡Vaya si quería hacerlo!–, pero no, no me siento preparada.

–Me alegra oír eso. Espero que este fin de semana lo veas de otra manera.

Se bajó de la cama y unos instantes después estaba a su lado. La besó sólo una vez, como si únicamente pretendiera dejar su marca en ella. Luego dio un paso atrás mientras ella salía.

–Mañana tenemos que salir temprano –le dijo–. Buenas noches, que duermas bien.

–Buenas noches –murmuró ella, y Seth cerró la puerta.

A bordo del avión privado de Seth, Alexa observó el océano Atlántico. En la distancia había un pequeño punto, la isla que los esperaba; su destino.

Seth y ella se habían despertado tarde y no había habido tiempo para hablar. Habían vestido a los niños, habían hecho las maletas, y habían salido corriendo del hotel para subirse con Cortez y su esposa a la limusina que los había llevado al aeropuerto, donde los esperaba el avión de Seth. Alexa había aprovechado el trayecto para llamar a Bethany y explicarle el cambio de planes.

Bethany estaba tan entusiasmada con la promesa que Seth le había hecho a Alexa de proporcionarle contactos, que le dijo que no se preocupara por nada.

Alexa miró hacia la puerta abierta de la cabina, donde Seth iba pilotando con Javier en el asiento del copiloto. La noche anterior volvió a su mente con todo detalle.

—Parece que Javier y Seth se entienden muy bien —comentó Victoria, sacándola de su ensimismamiento—. Será porque los dos son hombres solitarios.

¿Solitarios? A ella nunca se le habría ocurrido describir así a Seth. Alexa esbozó una sonrisa y tomó un sorbo de café.

—Será por eso. Perdona que esté tan callada —dijo Alexa, buscando una excusa que explicara por qué se había abstraído de repente de esa manera. Difícilmente podía decirle que se debía al apuesto hombre que pilotaba el avión—. Es que me parece tan surrealista que esté a punto de pisar la residencia de un rey.

—Bueno, como sabes ya no es rey porque fue depuesto, y es un hombre muy amable y campechano. Pero si te hace sentirte más tranquila te diré que ahora mismo no está en la isla, sino en el continente. Le están haciendo unos chequeos médicos por una operación que tuvo hace poco. Así que tendremos la isla para nosotros solos, aparte del servicio y el personal de seguridad, por supuesto. No sé si Seth te lo ha dicho, pero incluso hay una niñera, así que podrás despreocuparte un poco de los niños y disfrutar del fin de semana.

—¿Y no vive ningún otro miembro de la familia real en la isla?

–No, todos tienen su casa en otros lugares. Pero ahora que la familia se ha reconciliado van de visita más a menudo.

–Lo que implica más tráfico aéreo hacia la isla –concluyó Alexa. Eso explicaba el interés de la familia Medina en Aviones Privados Jansen.

–Y también más medidas de seguridad –añadió Victoria.

Alexa asintió. No podrían haber encontrado a nadie mejor que Seth, que no sólo tenía una compañía de aviones privados, sino que además había inventado aquel dispositivo de seguridad para los aeropuertos.

–Debe ser extraño tener que vivir rodeado de tantas medidas de seguridad –comentó Alexa.

Victoria resopló para apartar un mechón rubio de su frente.

–Peor que eso es la insistencia de la prensa. Hasta los parientes más lejanos tienen que mantenerse alerta para no revelar ningún detalle que pueda poner en peligro la seguridad del rey.

–Es muy triste. Pero comprensible, naturalmente.

Miró hacia la ventanilla y vio que ya estaban llegando a la isla. Las altas palmeras sobresalían entre la vegetación, y en el centro se divisaba lo que parecía una fortaleza, con una serie de edificaciones en torno a una mansión blanca y unos extensos jardines con piscina.

El avión descendió hacia una isla más pequeña que tenía una pista de aterrizaje y un muelle con un ferri. ¿Un ferri sólo para pasar de allí a la isla principal? Era evidente que se tomaban en serio lo de la seguridad.

Alexa pensó en la clase de vida que había dejado atrás al cortar lazos con sus padres. Era un sensación extraña volver a ese mundo. Pero ya no podía dar marcha atrás y regresar a Charleston. Ni tampoco quería hacerlo. Quería estar con Seth.

La noche se presentaba llena de oportunidades para Seth. Había cerrado el trato con Cortez y pasarían el día siguiente planificando y concretando, pero esa noche era una noche para celebrar aquel éxito, y esperaba poder celebrarlo con Alexa.

Cerró la puerta del cuarto de los gemelos, que estaba justo al lado del de la niñera. Justo antes de acostarlos había llamado a Pippa, y esa vez, por fin, había contestado. La había oído muy animada, quizá en exceso, y había colgado cuando había intentado pasarla con los niños para que les diera las buenas noches. Había algo raro, pero no sabía qué, y en ese momento lo que ocupaba su mente era volver a hacer suya a Alexa.

Entró en sus aposentos, que eran como un lujoso apartamento. A Alexa y a él les habían dado habitaciones separadas, pero esa noche esperaba que se durmiera en sus brazos exhausta y satisfecha.

Sin embargo, cuando entró en el dormitorio de Alexa sólo encontró su maleta abierta sobre la cama. Entonces se dio cuenta de que se oían las olas y de que las ventanas estaban abiertas de par en par y Alexa estaba allí fuera, apoyada en la barandilla.

La brisa del océano hacía que se le pegase el vestido al cuerpo, resaltando sus femeninas curvas.

–Te doy un dólar si me cuentas qué estás pensando –le dijo saliendo a la terraza para apoyarse en la barandilla junto a ella.

Ella lo miró de reojo.

–No quiero que me pagues más dinero por no trabajar. De hecho, desde que hemos llegado aquí no he hecho nada. La niñera se está ocupando de Owen y de Olivia, y tengo que admitir que parece que los maneja muy bien.

–¿Habrías preferido que se pusieran a llorar para que fueras tú?

–¡Pues claro que no! Es sólo que… me gusta sentirme útil.

–La mayoría de las mujeres a las que conozco estarían encantadas de pasarse una tarde recibiendo un masaje y haciéndose la manicura –dijo Seth. Era lo que habían estado haciendo Victoria y ella mientras ellos hablaban de negocios.

–No te confundas: me gusta tanto sentirme mimada como a cualquiera. De hecho, creo que tú también te mereces relajarte un poco –tomó un busca que había dejado sobre la mesa de la terraza y lo levantó–. La niñera puede llamarnos si nos necesita, así que… ¿qué te parece si bajamos a la playa? He pedido al servicio que nos preparen allí algo de comer y de beber.

Tomó su mano y la siguió por los escalones de la terraza que bajaban a la playa.

Alexa se quitó las sandalias, esperó a que él se quitara también los zapatos y los calcetines, y caminaron sin prisa de la mano en dirección a la carpa, que se alzaba a unos metros de la orilla del mar.

–Esto es un auténtico paraíso –comentó Alexa cuando llegaron–. A lo largo de mi vida he visto muchas mansiones, pero ninguna tan impresionante como ésta, y sobre todo en un entorno tan privilegiado. La realeza sí que sabe.

Entraron en la carpa, donde el servicio había colocado dos tumbonas, y una mesita baja con uvas, queso y vino. Alexa se sentó en una de las tumbonas y Seth siguió su ejemplo.

Alexa sirvió el vino, y le tendió una copa antes de tomar un sorbo de la suya.

–Victoria me dijo en el avión que veía en ti a un solitario, como su marido –comentó.

–¿En serio?, ¿un solitario? –repitió él, sin comprender a qué venía eso.

–Tienes familia en Charleston, ¿no? El otro día llamaste a algún pariente para pedirle ayuda cuando te encontraste con los niños en el avión.

–Tengo dos primos, Vic y Paige. Me crié con ellos en Dakota del Norte cuando mis padres murieron en un accidente –le explicó Seth–. Su coche se salió de la carretera en medio de una tormenta cuando yo tenía once años –añadió antes de apurar su copa de un trago, como si fuera un vaso de agua.

–Lo siento mucho.

–No tienes que sentir lástima de mí. Tuve suerte de tener parientes dispuestos a hacerse cargo de mí –le dijo Seth–. Mis padres no me dejaron ningún dinero, y aunque mi tío y mi tía nunca se quejaron por tener otra boca que alimentar, me juré a mí mismo que algún día les devolvería con creces todo lo que me habían dado.

–Mírate ahora; es increíble lo que has conseguido.

Seth se quedó mirando las oscuras aguas y el cielo plagado de estrellas.

–Sí, pero por desgracia ellos también murieron hace años, y ya es tarde. Me ha llevado demasiado tiempo encontrar mi camino.

–Por amor de Dios, Seth. Pero si no debes tener más de...

–Treinta y ocho.

–¿Y te parece demasiado tiempo? ¡Millonario a los treinta y ocho! –exclamó ella riéndose–. Yo no llamaría a eso demasiado tiempo.

Tal vez, pero todavía le quedaban sueños por cumplir.

–No era lo que pretendía –añadió–. Al principio quería volar con las Fuerzas Aéreas, y llegué a alistarme en la ROTC en la Universidad de Miami, pero tenía un problema de salud que no es un inconveniente en el Ejército más que en las Fuerzas Armadas. Así que terminé mis estudios y volví a casa. Abrí una escuela de aviación y llevaba con mi avioneta a mi primo, que es veterinario, de una granja a otra hasta que nos mudamos a Carolina del Sur. Ahora mi lucha es darle a mis hijos todo lo que yo no pude tener, pero al mismo tiempo enseñarles los valores de la gente humilde.

–Bueno, yo diría que el hecho de que eso te preocupe ya dice mucho de ti como padre, lo consigas o no –dijo ella alargando la mano para apretar la de él.

Seth se llevó la mano de Alexa a los labios y la besó en la muñeca.

–Tú te criaste en un mundo de privilegios pero eres una mujer de principios. ¿Algún consejo que puedas darme?

Alexa dejó escapar una risa amarga.

–Mis padres son gente superficial que se gastaron cada centavo que habían heredado en vivir bien. Mi padre llevó a la familia a la ruina y ahora tengo que trabajar como el resto de los mortales para ganarme el sustento, lo cual no es una tragedia ni nada de eso; tan sólo la realidad.

Se quedaron callados un largo rato, mirándose a los ojos mientras él le acariciaba la mano. El ruido de las olas parecía aislarlos del resto del mundo. Seth se inclinó para besarla, pero de pronto ella lo detuvo, poniendo una mano en su pecho.

–Para.

–¿Qué?

La voz de Seth sonó algo ronca, porque no se había esperado aquello, pero se quedó quieto. Si una mujer decía que no, era que no.

–Anoche, cuando lo hicimos, dejé que llevaras la voz cantante –murmuró ella levantándose para sentarse a horcajadas sobre él. El calor de la parte más íntima de su cuerpo lo quemaba a través incluso del vestido de algodón de ella y de sus pantalones–. Esta vez, Seth, soy yo quien está al mando.

Capítulo Siete

¿Era su imaginación, o Alexa pretendía de verdad hacerlo con él allí, a orillas del mar, bajo aquella carpa? Si era así, desde luego él no iba a quitarle la idea. Había pensado, después de que hubiese apagado la luz de la mesilla, que era tímida.

Claro que por el modo en que le tiró de la camisa para sacársela del pantalón, no había duda posible respecto a sus intenciones ni de la prisa que tenía.

En vez de desabrocharle la camisa, Alexa tiró de los dos lados, arrancándole los botones, que salieron volando en todas direcciones, sorprendiéndolo aún más. Parecía que había subestimado su espíritu aventurero.

Alexa se inclinó antes de que tuviera tiempo de reaccionar, y empezó a lamer y mordisquear uno de sus pezones, como él había hecho con ella la noche anterior.

–Umm... Alexa... –murmuró asiéndola por las caderas.

–Eh, estate quieto –lo reprendió ella apartando sus manos–. He dicho que estoy yo al mando.

–A la orden, sargento –Seth sonrió divertido y puso las manos en los brazos de la tumbona, ansioso por ver cuál sería su próximo movimiento.

Alexa se inclinó hacia delante y lo besó suavemente antes de susurrarle al oído:

—No te arrepentirás.

Le desabrochó el cinturón, y sus dedos se introdujeron dentro del pantalón para descender por su miembro en erección, que palpitó con aquella caricia.

Seth habría querido arrancarse el resto de la ropa, arrancarle a ella la suya, y hacer a Alexa rodar sobre la arena para poseerla. Cuanto más lo acariciaba, más ansiaba poder tocarla él también, pero en cuanto se movía lo más mínimo ella se detenía.

Cuando se quedaba quieto de nuevo Alexa le mordisqueaba el lóbulo de la oreja o el hombro, y sus dedos comenzaban a torturarlo de nuevo. Sus manos se aferraron a los brazos de la tumbona con tal fuerza que se le pusieron los nudillos blancos. Alexa le desabrochó los pantalones y él intentó incorporarse, pero ella le puso un dedo en los labios y le dijo:

—Shhh… quieto; déjame hacer.

Se bajó de su regazo, se arrodilló entre sus piernas y lo tomó en su boca despacio, hasta engullirlo por completo. La humedad y la calidez que lo envolvieron casi le hicieron perder el control. Echó la cabeza hacia atrás y cerró los ojos, bloqueando todas las sensaciones excepto las caricias de la lengua y los labios de Alexa.

Las manos de ella se aferraron a sus muslos para sujetarse, y Seth ya no podía más. Si seguía haciéndole lo que estaba haciéndole iba a explotar, y no quería hacerlo si no era dentro de ella. Ya habían jugado bastante. La agarró por debajo de los brazos y la levantó, colocándola de nuevo sobre su regazo.

–Un preservativo –gruñó apretando los dientes–. En mi cartera. En el bolsillo de atrás de mi pantalón.

Con una risa suave y seductora, Alexa metió la mano en su bolsillo, sacó la cartera… y la arrojó al suelo con un brillo travieso en los ojos. Luego se inclinó hacia la mesa y levantó una servilleta, dejando al descubierto al menos media docena de preservativos.

–He venido preparada –le dijo.

–Ya lo veo, ya. Muy preparada diría yo.

–¿Supone eso un problema para ti? –inquirió ella, pestañeando con picardía.

¿Un problema? A Seth le encantaban los retos, y aquella mujer estaba resultando ser una caja de sorpresas.

–Ni hablar; procuraré estar a la altura de tus expectativas.

–Me alegra oír eso –Alexa rasgó un envoltorio y le colocó lentamente el preservativo.

Con la luna a sus espaldas, se puso de pie y se levantó la falda del vestido para bajarse las braguitas, que arrojó a un lado. Luego se colocó de nuevo a horcajadas sobre él.

Tomó el rostro de Seth entre ambas manos para besarlo, dejando caer la falda del vestido, que la cubrió mientras descendía sobre él. Seth cubrió su cuello con un reguero de besos y lamió uno de sus hombros desnudos. La brisa había impregnado su piel con el sabor salado del mar. Le desanudó las tiras que sujetaban el vestido detrás del cuello, y la tela cayó, dejando al descubierto un sujetador de encaje sin tirantes. Los blancos senos de Alexa sobresalían ligeramente por encima del borde de las copas. Abrió el enganche y los liberó antes de llenarse las manos con aquellos pechos blandos y exuberantes, cuya forma apenas se adivinaba con la pálida luz de la luna.

–Algún día haremos el amor en una playa como ésta con el sol brillando sobre nosotros –le susurró frotándole los pezones con las yemas de los pulgares–, o en una habitación con las luces encendidas para que pueda ver el placer en tu rostro.

–Algún día... –repitió ella suavemente.

¿Había cruzado una sombra por su mirada, o sólo se lo había parecido?, se preguntó Seth. No pudo saberlo porque Alexa se inclinó hacia él y desterró todo pensamiento de su mente cuando selló sus labios con un beso apasionado, un beso embriagador.

Seth se hundió aún más en ella, deleitándose en el ronroneó de placer que vibró en la garganta de Alexa. Sus manos descendieron por la espalda de ella hasta encontrar sus nalgas, que asió para apretarla más contra sí. Los suspiros y gemidos de Alexa eran cada vez más intensos y más seguidos, y Seth dio gracias por ello porque no sabía cuánto más podría resistir.

Enredó los dedos de una mano en el cabello de Alexa y le tiró de la cabeza hacia atrás para exponer sus pechos a su boca. Tomó un pezón y lo mordisqueó, haciéndola suspirar de nuevo y arquearse, al tiempo que repetía: «¡Sí, sí, sí...!». Sus húmedos pliegues palpitaron en torno a su miembro con los espasmos del orgasmo, y el grito que anunció que lo había alcanzado se fundió con el ruido de las olas.

Esforzándose por mantener el control, Seth siguió moviendo las caderas, y le provocó un nuevo orgasmo a Alexa justo cuando él llegaba al suyo. Fue algo increíble que eclipsó cualquier otra sensación y lo hizo convulsionarse.

Jadeante, Alexa se derrumbó sobre él, y sus senos quedaron aplastados contra el pecho de Seth, que subía y bajaba con su agitada respiración.

Seth no habría sabido decir cuánto le llevó recobrar el aliento, pero cuando lo hizo Alexa aún descansaba entre sus brazos. Volvió a anudarle las tiras del vestido con las manos algo temblorosas, y ella frotó el rostro contra su cuello con un suspiro satisfecho.

Seth se apartó de debajo de ella. Con suerte quizá tendría otras oportunidades de volver a desnudarla, pensó.

Pero tenían que volver dentro. Se abrochó los pantalones. Con la camisa, después de ponérsela, no pudo hacer demasiado ya que los botones estaban desperdigados por la arena. Tomó el busca de la niñera de la mesa y se lo colgó del cinturón antes de volverse hacia Alexa.

La alzó en volandas y echó a andar hacia la mansión. Alexa le rodeó el cuello con los brazos y apoyó la cabeza en su hombro. Seth había disfrutado inmensamente con aquel juego, con dejarle llevar las riendas, pero no estaba dispuesto a cederle por completo el control. Esa noche, Alexa dormiría en su cama.

Alexa se desperezó en la enorme cama, envuelta en las frescas sábanas de algodón y el aroma de haber hecho el amor con Seth. Sólo recordaba vagamente que Seth la había llevado en volandas desde la playa hasta su cama. Por un instante había pensado en insistirle para que la llevase a su dormitorio y la dejase allí. Sin embargo, se había sentido tan deliciosamente saciada y tan bien en sus brazos que se había acurrucado contra su pecho y se había quedado dormida.

¡Y cómo había dormido! No recordaba cuándo había sido la última vez que había dormido ocho horas seguidas. ¿Sería tal vez porque todos los músculos de su cuerpo se habían quedado maravillosamente relajados después de que hicieran el amor?

Oyó voces al otro lado de la puerta cerrada, la voz de Seth y el balbuceo de los gemelos. Sonrió, deseando ir a verlos, sólo que su ropa estaba en el otro dormitorio y no quería salir de esa guisa, no se fuera a topar con alguien. Se bajó de la cama y se puso el vestido. Les daría los buenos días y entraría en su dormitorio para cambiarse.

Sin embargo, cuando fue a abrir la puerta oyó otra voz, una voz de mujer. Se quedó paralizada y acabó de abrir la puerta muy despacio. Seth estaba sentado frente al escritorio, con un gemelo en cada rodilla. Delante tenía su ordenador portátil, y parecía que estaba en medio de una conversación con alguien a través de Skype.

El rostro de una mujer ocupaba casi la totalidad de la pantalla, y se la oía hablar.

–¿Cómo están mis niños? No sabéis cómo os echo de menos...

Oh, no... Por si Alexa no se imaginaba ya de

quién podía tratarse, los dos niños empezaron a decir: «Ma-má, ma-má, ma-má».

–Olivia, Owen, estoy aquí –respondió la mujer, con evidente afecto en su voz.

Pippa Jansen no era en absoluto la clase de mujer que había imaginado que sería. Para empezar, no parecía una cabeza hueca. Era una pelirroja elegante pero sencilla a la vez. Llevaba un suéter de manga corta y unos pendientes y un collar de perlas. Daba la impresión, por el fondo que se veía detrás de ella, que estaba en una cabaña en las montañas, y no en crucero ni en un spa de lujo como había dado por hecho. Y no parecía que estuviese despreocupada y pasándolo bien. Más bien parecía… cansada y triste.

–Mamá sólo está descansando, como cuando vosotros os echáis la siesta, pero nos veremos muy pronto. Os mando muchos besos y abrazos –se llevó una mano a los labios y les lanzó un beso a cada uno para luego rodearse el cuerpo con los brazos–. Besos y abrazos.

Olivia y Owen, felices e ignorantes de lo que ocurría, le lanzaron besos también, y Alexa sintió que le dolía el corazón al verlos. Los hombros de Seth estaban tensos.

–Pippa, aunque comprendo que necesitaras tomarte un descanso, me gustaría que me prometieras que no vas a volver a desaparecer. Necesito poder ponerme en contacto contigo si hay una emergencia.

–Te lo prometo –dijo Pippa con voz ligeramente temblorosa–. A partir de ahora te llamaré a menudo. No me habría marchado de esta manera si no hubiera estado desesperada. Sé que debería habértelo dicho en persona, pero temía que me respondieras que no podías llevarte a los niños a Florida contigo, y necesitaba un respiro. Me quedé mirando por una ventana del hangar hasta que subiste al avión. Por favor, no te enfades conmigo.

–No estoy enfadado contigo –respondió él, aunque no logró disimular del todo la irritación en su voz–. Sólo quiero asegurarme de que estás bien, de que no vas a volver a dejar que la situación te supere por miedo a hablar las cosas conmigo.

–Estos días de descanso me están haciendo mucho bien; estoy segura de que estaré completamente repuesta para cuando vuelva a Charleston.

–Ya sabes que me gustaría poder tener a los niños más a menudo –le dijo Seth–. Cuando vuelvas podemos ponernos de acuerdo para contratar a una persona que te ayude con ellos cuando los tengas tú, pero no podemos dejar que esto se repita.

–Tienes razón –murmuró Pippa jugueteando nerviosa con su collar. Tenía las uñas mordisqueadas–. Creo que no deberíamos hablar de esto delante de ellos.

–Cierto, pero tenemos que hablarlo, y cuanto antes mejor.

–Lo hablaremos; te lo prometo –asintió ella, casi frenética, antes de sonreír una última vez a sus pequeños–. Hasta luego, Oli, hasta luego, Owen. Sed buenos con papá; mamá os quiere mucho.

Su voz se desvaneció al tiempo que su imagen cuando la conexión terminó. Olivia dio un gritito de excitación y le dio palmadas a la pantalla mientras Owen le lanzaba más besos.

Alexa se apoyó en el marco de la puerta. Hasta ese momento había detestado a Pippa, aun sin conocerla, por lo imprudente que había sido, pero la mujer a la que había visto en la pantalla era una mujer estresada y agotada, una madre que quería a sus hijos pero que había llegado al límite, y que había hecho bien en dejarlos con su padre antes de sufrir una crisis de ansiedad. Desde luego habría sido mejor si lo hubiese hablado con él, pero Alexa sabía por propia experiencia que muchas veces las cosas no eran blancas o negras.

Había visto a Seth enfadado, frustrado, decidido, cariñoso, excitado... Pero en ese momento, en el Seth que se había quedado mirando la pantalla del ordenador, vio a un hombre bueno que estaba profundamente triste, un hombre que aún albergaba sentimientos encontrados hacia su exesposa.

Seth dejó a los niños en el suelo, y deseó poder deshacerse del peso que llevaba sobre los hombros con la misma facilidad. Justo cuando lo que más ansiaba era que su vida personal fuese un poco más sencilla, el hablar con Pippa le había hecho ver que la situación era más complicada de lo que creía.

Alexa y él habían llevado su relación a un nuevo nivel la noche anterior, tanto por el sexo como por haber dormido juntos, y había estado deseoso por afianzar ese paso. Sin embargo, la conversación a través de Skype con Pippa lo había dejado muy preocupado. Era evidente que Pippa estaba al límite, y aunque él quería poder pasar más tiempo con sus hijos, no quería que fuera porque su ex estaba al borde de un ataque de nervios.

Y aquélla desde luego no era la manera en que había imaginado que empezaría el día con Alexa. Giró la cabeza para mirarla.

–Pasa, no te quedes ahí.

No sabría explicar cómo, pero había sentido su presencia en mitad de la conversación con su ex. Era como si hubiese forjado un vínculo mental con ella.

Alexa avanzó hacia él, como una diosa descalza.

–Perdona, no pretendía escuchar vuestra conversación.

Con su elegancia innata, se sentó en el suelo con los gemelos, que estaban jugando con unos bloques de construcción de colores. Era la mujer de sus sueños, pero había llegado a su vida en un momento en que estaba se estaba convirtiendo en una pesadilla.

–No era una conversación privada –le dijo levantándose de la silla para ir a sentarse en el sofá–. Quería que Olivia y Owen vieran a su madre y necesitaba hablar con ella de lo ocurrido. Criar a un hijo ya es bastante difícil, y a un par de gemelos más aún; ha hecho bien en tomarse un descanso, aunque me habría gustado que se hubiese sincerado conmigo antes.

–Yo creo que tú también necesitas un descanso. ¿Qué te parece si me llevo a los niños un par de horas? Así tendrías tiempo para…

–Ya me ocupo yo de ellos –la cortó él–. Imagino que querrás darte una ducha y cambiarte de ropa.

En un mundo perfecto se uniría a ella en la ducha. ¡Lo que él daría por poder pasar veinte minutos bajo un chorro de agua caliente con Alexa desnuda entre sus brazos! Tragó saliva y apartó ese pensamiento.

—No es molestia, en serio —respondió ella—. Si tienes que ultimar detalles con Javier, o lo que sea, me los puedo llevar a la playa para cansarlos un poco y...

—He dicho que yo me encargo; son mis hijos —le espetó él cortante.

No había pretendido ser tan áspero, pero la conversación con Pippa lo había puesto bastante tenso, y se sentía tremendamente frustrado.

Alexa lo miró dolida.

—Bueno, entonces me cambiaré e iré haciendo las maletas. ¿Cuándo nos vamos?

—Dentro de una hora —respondió él.

Sí, pronto estarían de nuevo en Charleston, pero no quería separarse aún de ella. Quería más, necesitaba más tiempo con ella. Su relación con Pippa había sido un desastre, pero había aprendido de la experiencia. Podía disfrutar teniendo a Alexa en su vida sin que ello supusiera un compromiso, ni ataduras.

Mientras miraba a sus hijos, que seguían jugando, se quedó oyendo las pisadas de Alexa mientras se alejaba. Se estaba alejando de él, y no sólo en el sentido más literal. Iba a perderla si no hacía algo. No quería confundir a sus hijos metiendo a otra mujer en sus vidas, pero no podía dejar que se alejase de él.

—Alexa...

Ella se detuvo, pero no contestó.

—Perdona; me he comportado como un ca... —se calló antes de decir una palabrota delante de los niños–. Como un imbécil. Sé que esto no entraba en nuestro acuerdo, pero espero que me des la oportunidad de compensarte.

Ella permaneció callada tanto rato que Seth pensó que iba a decirle que se fuera al infierno. Finalmente exhaló un suspiro que lo hizo sentirse aún más culpable y respondió:

—Ya hablaremos; no me parece que ahora sea un buen momento.

—Sí, supongo que será lo mejor.

El problema era que no sabía cuándo sería un buen momento, dada la situación con Pippa y con sus hijos. Razón de más para mantener sus emociones bajo control… Su escapada a aquella isla paradisíaca había terminado, e iban a volver al mundo real.

Cuando el ferri que los llevaba de la isla a la pista de aterrizaje privada del rey se puso en marcha, Alexa se agarró a la barandilla y observó la isla, que poco a poco fue quedando en la lejanía. Los gemelos, que iban cada uno en su Maxi-Cosi, dieron grititos de placer cuando sintieron la brisa marina en sus caritas, mientras los tres le decían adiós a la isla.

Alexa tenía la sensación de que estaba despidiéndose de mucho más. Giró la cabeza hacia Seth, que estaba hablando con el capitán, y que estaba distante desde su conversación de esa mañana con su ex.

Alexa acarició el cabello de los pequeños y miró de nuevo hacia la isla. No tenía a nadie con quien hablar. Javier y Victoria habían optado por quedarse en la isla un par de días más. Alexa los envidiaba. Los envidiaba tanto... Lo que había vivido con Seth allí antes de aquella conversación que él había tenido con su ex había sido mágico, y habría deseado que no se hubiese acabado tan pronto.

No pudo evitar fantasear con qué pasaría si alargase su relación con Seth. ¿Soportaría la presión del día a día lo que habían compartido, o se diluiría como un terrón de azúcar en un vaso de agua?

Dejando aquellos pensamientos a un lado, Alexa sacó su teléfono móvil para ver si tenía algún mensaje de Bethany. Lo había apagado la noche anterior para recargar la batería. Bueno, y también porque no había querido interrupciones.

De pronto la asaltaron los recuerdos de Seth y ella haciendo el amor en la playa... Se sintió acalorada de sólo pensar en ello.

No tenía ningún mensaje de Bethany, pero sí nueve llamadas perdidas de su madre. Justo iba a cerrar el teléfono cuando empezó a sonar. Su madre... Alexa contrajo el rostro.

Por un instante consideró ignorar la llamada, pero al mirar a los niños pensó en lo mucho que se había encariñado con ellos, a pesar de que eran los hijos de otra mujer, y pensó que estaba siendo cruel con su madre. Finalmente, llevada por ese sentimiento de culpa, pulsó el botón para contestar.

–Hola, mamá, ¿qué pasa?

–¡Lexi! ¿Dónde estás? Te he llamado no sé cuántas veces –exclamó su madre.

De fondo se oían risas y ruido de cubiertos y de

platos. Sus padres habían vendido su casa y se habían ido a vivir a un complejo residencial para jubilados donde tenían un montón de actividades.

–¿Lexi, sigues ahí? He dejado una partida de cartas para llamarte.

¿Por qué no podía llamarla Alexa en vez de Lexi? Detestaba que la llamase así.

–Estoy en Florida, por trabajo.

¿Por qué había tenido que decirle eso? Debería haberle mentido. No era buena idea dar más información de la estrictamente necesaria a su madre.

–¿En Florida? ¿Estás cerca de Boca Ratón? Tómate el resto del día libre y tu padre y yo iremos a recogerte –le ordenó.

–No puedo tomarme el resto del día libre, mamá, te he dicho que estoy trabajando. Además, estoy en el norte de Florida; muy lejos de vosotros.

Aunque no lo bastante lejos, pensó.

–¿Cómo vas a estar trabajando? Oigo niños de fondo; ¿estás en un parque?

Olivia había escogido ese momento para ponerse a balbucear, y Owen la estaba imitando, como si estuviesen teniendo una conversación.

A Alexa no le gustaba mentir, así que respondió con un vago:

–Mi jefe tiene niños.

–¿Está casado o divorciado?

Alexa, que no quería dejarse llevar a ese terreno, cortó por lo sano:

–¿Para qué decías que me llamabas?

–Por la fiesta del día de Navidad.

¿Eh?

—Mamá, faltan meses para Navidad.

—Lo sé, pero estas cosas hay que organizarlas con antelación y tenerlo todo atado y bien atado para que salgan bien. Ya sabes que cuando hago algo quiero que sea perfecto. Necesito saber si vas a venir.

—Pues no sé, supongo que sí.

—Pero es que necesito saberlo con seguridad, para que haya el mismo número de hombres que de mujeres cuando nos sentemos a la mesa. Porque tengo que pensar a quién voy a sentar en cada sitio, y detestaría que me llamaras en el último minuto para decirme que al final no vas a poder venir.

¡Y ella que creía que su madre estaba ansiosa por ver a su única hija el día de Navidad! Lo único que quería era a alguien con cromosomas femeninos.

—¿Sabes qué, mamá? Quizá lo mejor sea que no cuentes conmigo.

—Oh, Lexi, no seas así... Y no frunzas el ceño, que seguro que lo estás haciendo. Te saldrán arrugas en la frente antes de que cumplas los cuarenta.

Alexa inspiró profundamente, tratando de calmarse. Sabía por qué su madre actuaba como actuaba: porque era una persona hipercontroladora. Cada vez que se habían hecho una foto de familia, por ejemplo, los colores de la ropa que llevaban tenían que estar coordinados, la pose de cada uno debía ser perfecta... Sin embargo, el que comprendiera por qué era como era no significaba que tuviese que aceptar ese trato denigrante.

Se había esforzado mucho para que sus opiniones no la afectasen, para que dejase de tratarla como si fuese una muñeca a la que podía manejar a su antojo, y si algún día tenía una hija, le daría su amor incondicional en vez de convertirla en una versión en miniatura de sí misma como había intentado hacer su madre con ella.

Alexa apretó el teléfono en su mano. Ella no era como su madre, y podía hablar con ella manteniéndose en su sitio.

–Mamá, agradezco que quieras contar conmigo para tu fiesta de Navidad. A finales de mes te llamaré para darte una respuesta definitiva, vaya o no.

–Ésa es mi chica –su madre se quedó callada, y si no fuera porque aún se oían voces y risas de fondo, Alexa habría pensado que había colgado el teléfono–. Te quiero, hija; cuídate.

–Y yo a ti. Cuidaos vosotros también.

Era verdad que la quería, y ése era precisamente el motivo de que a veces se le hiciese tan difícil. El amor podía ser algo maravilloso, pero implicaba entregar a la otra persona tu corazón, y con ello el poder para hacerte daño. Cerró el teléfono y lo guardó en su bolso.

Capítulo Ocho

Alexa sintió que los nervios le atenazaban el estómago cuando bajó la escalerilla del avión privado de Seth. Ya estaban de regreso en Charleston.

Durante el vuelo no habían tenido oportunidad de discutir qué iba a ser a partir de entonces de lo que había surgido entre ellos. Los niños habían estado revueltos durante la mayor parte del viaje, lo cual no era de extrañar teniendo en cuenta cómo estaban alterando su rutina, y Seth no había podido dejar la cabina ni un momento porque había bastantes turbulencias.

Apenas había pisado el asfalto de la pista con Olivia en su cadera, cuando se oyó un gritito que provenía de donde estaba el edificio principal del aeropuerto privado, propiedad de la compañía de Seth. Alexa alzó la vista y vio a una mujer pelirroja. Pippa Jansen.

Llevaba un conjunto de rebeca, suéter de punto y pantalón, y el mismo collar de perlas y los pendientes que le había visto esa mañana, cuando había mantenido aquella conversación por Skype con Seth.

Pippa echó a correr hacia ellos con los brazos abiertos y una amplia sonrisa, al tiempo que Olivia estiraba sus manos diciendo: «Ma-má, ma-má…».

Pippa la tomó en brazos y la levantó girando con ella.

–¡Cómo te he echado de menos, mi niña! ¿Lo habéis pasado bien con papá? Me he traído vuestro DVD preferido de Winnie the Pooh para que lo veáis en el coche camino de casa.

Dejó de girar y se quedó mirando a Alexa con curiosidad. A lo lejos un avión despegó, y Owen, que iba en brazos de Seth, lo señaló con una sonrisa y se puso a dar palmas. Distraída por el entusiasmo de su hijo, Pippa se olvidó de ella un momento y se volvió hacia él.

–Hola, mi niño guapo –dijo besándolo en la frente.

–Creía que íbamos a vernos más tarde para hablar –dijo Seth, visiblemente tenso.

–Lo sé, pero después de oír las voces de los niños esta mañana estaba deseando verlos. Los echaba tanto de menos que tomé el primer vuelo que pude y me vine para acá. Tu secretaria me dijo a qué hora llegabais –le explicó antes de volverse de nuevo hacia Alexa–. ¿Y quién eres tú?

Seth dio un paso hacia ella.

–Ésta es Alexa, una amiga. Como no podía cancelar este viaje ha tenido la amabilidad de tomarse unos días libres para poder echarme una mano con los gemelos. En tu nota decías que ibas a estar fuera dos semanas.

–Sí, pero después de descansar el fin de semana me siento como nueva y lista para ocuparme otra vez de los niños. Además, me toca tenerlos a mí.

Seth suspiró cansado, y condujo a su ex y a Alexa hacia el edificio principal, lejos del ir y venir de camionetas y personal de mantenimiento.

–Pippa, no quiero empezar una pelea, pero lo que te dije esta mañana iba en serio: quiero estar seguro de que no dejarás otra vez a los niños solos sin avisarme si vuelves a sentirte abrumada de nuevo.

–Mi madre está en el coche –dijo Pippa señalando un vehículo aparcado a unos metros, un Mercedes plateado–. Voy a quedarme con ella una temporada, así que no tienes que preocuparte, estaré bien. Pero lo he estado pensando y voy a aceptar tu oferta de buscar a alguien que me ayude con los niños, y también quiero que renegociemos los derechos de visita. Ya hace un par de meses que dejé de darles el pecho, así que creo que tú podrías tenerlos contigo más a menudo.

Seth no pareció satisfecho al cien por cien con su respuesta, pero asintió.

–De acuerdo, podemos vernos mañana por la mañana en mi despacho, sobre las diez, para empezar con los trámites.

–Estupendo. No sabes cómo me alivia volver a ver a los niños. Este fin de semana me ha dado una nueva perspectiva sobre cómo organizarme mejor –le aseguró Pippa–. ¿Me acompañas a llevarlos al coche? ¿No te importa que te lo robe un momento, verdad? –le preguntó a Alexa.

–No, por supuesto que no –respondió ella.

–Será sólo un momento –le dijo Seth–, pero puedes esperar en mi despacho; hace menos calor –añadió sacándose unas llaves del bolsillo para abrir la puerta que estaba a su derecha.

¿Tenía un despacho allí? Creía que las oficinas de Aviones Privados Jansen estaba en el centro de la ciudad. Claro que tenía sentido que allí también tuviese un despacho, ya que era su aeropuerto.

–De acuerdo.

Seth la besó en los labios. No fue un beso largo, ni sensual, pero sí una manera de darle a entender a su ex que había algo entre ellos, y Alexa, que no lo esperaba, se quedó un poco sorprendida.

Pippa la miró con creciente curiosidad.

–Gracias por ayudar a Seth con los niños.

Alexa, que no sabía que decir, optó por responder:

–Owen y Olivia son un amor; me alegro de haber podido ayudar.

Luego se despidieron, y Alexa entró en el despacho mientras ellos se alejaban. Alexa cerró la puerta tras de sí y se quedó mirándolos por la ventana. Al volante estaba sentada la que debía ser la madre de Pippa, aunque casi parecía su gemela.

Una sensación de *déjà vu* invadió a Alexa ante aquel parecido. Podrían haber sido su madre y ella años atrás. Además, a Alexa le había parecido ver en Pippa la misma fragilidad que ella había tenido hacía años, la misma falta de confianza en sí misma.

Tener unos padres ricos hacía que vivieses rodeada de lujos, pero también podía hacer que una persona sintiese que no valía nada, que no podía hacer nada por sí misma. A ella sus padres se lo habían dado todo; incluso habían sobornado al director de su instituto para que obtuviese buenas notas, y aquello no había estado bien.

Igual que no estaría bien disculpar el comportamiento imprudente de Pippa, que había dejado a sus hijos porque necesitaba un descanso. Sí, entendía que se hubiese sentido abrumada, pero su familia tenía dinero; podría haber contratado a una persona que la ayudase con los niños en vez de esperar a que se lo propusiese Seth. Había cientos de opciones mejores a dejar a sus hijos solos dentro de un avión.

Alexa apretó los puños, llena de frustración. Aquello no era asunto suyo, ni había nada que ella pudiera hacer. No eran sus hijos. Era a Seth a quien le correspondía solucionar aquella situación. Se sentó en un sofá decidida a no pensar más en eso, y trató de distraerse fijándose en lo que la rodeaba, pero los minutos parecían pasar muy despacio.

Cuando por fin se abrió la puerta se levantó como un resorte. Seth se detuvo ante ella muy serio, y dejó caer los brazos junto a sus costados.

Alexa le puso una mano en el hombro y se lo apretó suavemente.

–¿Estás bien? –le preguntó.

–Un poco preocupado, pero se me pasará –respondió él en un tono algo seco, apartándose de ella.

Hacía sólo unos minutos la había besado, y ahora de repente se mostraba distante. ¿Habría sido el beso sólo una pantomima? No, no creía que lo hubiese sido. Si no la quería allí, si necesitaba estar a solas, lo dejaría tranquilo, se dijo dirigiéndose hacia la puerta.

–Alexa, espera –la llamó él–. Aún tenemos asuntos pendientes; los negocios son los negocios.

¿Negocios? No era precisamente lo que había esperado oír.

–¿A qué te refieres?

Seth fue hasta su escritorio y sacó una carpeta de un cajón.

–Te hice una promesa cuando accediste a ayudarme con los niños. Esta mañana, antes de hablar con Pippa, hice algunas llamadas. Os he conseguido a tu socia y a ti cuatro entrevistas con cuatro clientes potenciales –dijo pasándole la carpeta–. El primero de la lista es el senador Matthew Landis.

Alexa tomó la carpeta. El senador Landis… Llevaba mucho tiempo ambicionando una oportunidad así, pero de pronto tenía la sensación de que Seth estaba intentando zafarse de ella. Bueno, sí, era lo que habían acordado, pero era como si quisiera acabar con aquello cuanto antes para perderla de vista. Apretó la carpeta entre sus manos.

–Gracias. Es… es estupendo; te lo agradezco.

–Bueno, tendrás que conseguir convencerlos, naturalmente, que es la parte más difícil. Pero le pedí a mi secretaria que preparara unas notas que pueden ayudarte a mejorar tu propuesta.

No le había dejado dinero en la cómoda, como a una prostituta, pero era como Alexa se sentía con aquella transacción, teniendo en cuenta lo que habían compartido y lo que podía haber habido entre ellos.

–No sé cómo darte las gracias, de verdad –murmuró Alexa.

Apretó la carpeta contra su pecho, preguntándose por qué aquella victoria parecía tan vacía. Hacía sólo unos días habría dado lo que fuera por la información que contenía esa carpeta.

–No, soy yo quien tiene que darte las gracias. Es lo que acordamos, y yo me he limitado a cumplir mi palabra –respondió él–. Y aunque siento de verdad no poder hacer un contrato con tu empresa, he dado instrucciones para que a partir de ahora sea la primera opción cuando sea necesario subcontratar los servicios de limpieza.

Alexa no sabía si sentirse dolida o furiosa.

–Ya veo. Bueno, entonces supongo que nuestros asuntos han concluido.

–Yo diría que sí.

No estaba dolida; estaba furiosa. ¿Cómo tratarla de esa manera? Habían dormido juntos, y él la había besado delante de su ex. Se merecía algo mejor que aquello. Plantó la carpeta sobre la mesa y le preguntó:

–¿Estás intentando zafarte de mí?

Él dio un respingo y parpadeó.

–¿Qué diablos te hace pensar eso?

–Para empezar lo frío que llevas conmigo todo el día –le espetó ella, cruzándose de brazos.

–Sólo quería dejar cerrado este asunto porque a partir de este momento, si vamos a seguir viéndonos, será sólo por motivos personales.

Seth la asió por los hombros.

–Ahora que ya no hay intereses de por medio; no tenemos por qué reprimir lo que sentimos.

Alexa alzó la vista hacia él.

–Entonces… ¿me estás diciendo que quieres que pasemos más tiempo juntos?

–Sí, eso es lo que estoy intentando decirte. Tú te has tomado el fin de semana libre y aún no es siquiera la hora de comer, así que... ¿por qué no pasamos el día juntos, sin niños, y olvidándonos del trabajo? –le propuso Seth, echándole hacia atrás el cabello–. No sé si lo nuestro llegará a alguna parte, y hay mil razones por las que éste no es el momento adecuado, pero no puedo dejar que te alejes de mí sin que al menos nos hayamos dado una oportunidad.

Estar con aquel hombre era como una montaña rusa. En un momento se mostraba muy intenso, al siguiente, malhumorado, luego feliz, después sensual... Era verdaderamente intrigante.

–De acuerdo. Entonces, invítame a comer.

Seth suspiró aliviado, como si hubiera estado conteniendo el aliento, y le rodeó la cintura con los brazos.

–¿Dónde te gustaría ir? Puedo llevarte a cualquier parte del país. Hasta podría llevarte a cualquier parte del mundo si vas a por tu pasaporte.

Ella se rió.

–Por esta vez creo que me conformaré con un sitio dentro del país.

¿Por esta vez?, se repitió a sí misma? El pensar que de verdad lo suyo pudiera funcionar, y que pudiesen haber otras veces la hizo estremecerse de placer.

–Y en cuanto a dónde... tú eliges; eres tú quien va a pilotar el avión.

Esas palabras fueron un paso tangible que convertía sus anhelos en realidad, y Alexa, aunque ilusionada, no pudo evitar sentir algo de aprehensión. Ya no estaban los negocios de por medio, ni los hijos de Seth; aquello ya sólo tenía que ver con ellos dos.

Había estado explorando cada capa de aquel hombre tan complejo, y ahora ella debía abrirse a él también. Tendría que dar un salto de fe y ver cómo reaccionaría él cuando lo supiese todo sobre ella, cuando le mostrase su lado inseguro, que tan parecida la hacía, en cierto modo, a su exesposa.

Seth aparcó el coche de alquiler junto al restaurante, y esperó el veredicto de Alexa sobre el lugar que había escogido.

Podría haberla llevado a Le Cirque, en Nueva York, o a City Zen, en Washington. Incluso podría haberla llevado al Savoy, en Las Vegas, pero al pensar en el mundo en el que se había criado sabía que no la impresionarían esos sitios lujosos y exclusivos.

Era algo que aplaudía el chico de Dakota del Norte que aún llevaba dentro. Por eso había llenado el depósito de su Cessna 185 y la había llevado a un pequeño restaurante en un pueblo de Carolina del Norte donde servían pescado fresco y hamburguesas además de una cerveza estupenda.

Una amplia sonrisa asomó a los labios de Alexa.

–Es perfecto –le dijo.

Seth rodeó el coche para abrirle la puerta y la condujo a una mesa para dos en la terraza, donde soplaba la brisa del mar. Al poco de sentarse se acercó una camarera a atenderles.

–Me alegra volver a verlo, señor Jansen –saludó a Seth–. Enseguida le traigo lo de siempre: dos cervezas de la casa y dos lomos de atún con ensalada y patatas.

–Estupendo, gracias, Carol Ann –dijo él. Cuando la camarera se hubo alejado, se dio cuenta de que Alexa estaba jugueteando con los botes de la sal y la pimienta, como si estuviera incómoda o nerviosa–. ¿Ocurre algo? ¿Prefieres que vayamos a otro sitio?

Ella alzó la vista de inmediato.

–No, este sitio es estupendo, de verdad. Es sólo que... bueno... me gusta poder escoger lo que quiero tomar.

–Lo comprendo, y te pido disculpas. Perdona, ha sido presuntuoso por mi parte pensar que querrías tomar mi plato favorito –le dijo Seth–. Podemos pedir que nos cambien lo que hemos pedido.

–No es necesario –replicó ella–. De verdad, no importa. Lo decía sólo para la próxima vez. Además, tu plato favorito suena bien, así que quizá no debería haber dicho nada –luego, con una sonrisa vergonzosa, añadió–: Supongo que te has dado cuenta de que estoy un poco... obsesionada con tener las cosas bajo control.

–Bueno, no creo que haya nada de malo en querer hacer las cosas uno mismo y que haya orden en tu vida –respondió él.

En ese momento regresó la camarera con dos platos de lomo de atún, dos cervezas, y dos vasos de agua.

–Es una manera inconsciente de revolverme contra mi infancia y mi adolescencia –le explicó Alexa cuando se quedaron a solas de nuevo.

–¿En qué sentido? –inquirió él, después de tomar un sorbo de su cerveza.

–Mi madre es una persona hipercontroladora, y

nada de lo que yo hacía le parecía bien. Siempre estaba machacándome con lo que esperaba de mí –dijo Alexa.

–¿Y qué esperaba de ti?

–Unas notas excelentes, porque quería que estudiara en la mejor universidad del estado; también quería que estuviese siempre en mi peso y bien arreglada, que fuese la más popular de mi clase, y que tuviese al novio perfecto. Lo normal.

–Pues a mí no me parece que sea algo normal, ni gracioso –replicó él muy serio.

De pronto acudió a su mente una imagen de Pippa sentada en el coche junto a su madre, las dos vestidas con una rebeca y un suéter de punto y unos pantalones.

–Obviamente estaba siendo sarcástica –respondió ella–. Esa clase de hipercontrol suele hacer que los adolescentes se rebelen, pero yo era más bien del tipo pasivo-agresivo. El problema fue agravándose con el tiempo: empecé a controlar lo que comía, cuándo comía, y cuánto comía.

Seth no sabía qué decir, así que puso su mano sobre la de ella y permaneció callado.

–Creyendo que haría feliz a mi madre con eso, me apunté al equipo de natación del instituto, y descubrí que aquello me ayudaba a quemar calorías. Hasta que un día, cuando me quité el chándal, vi las caras de espanto de mis compañeras.

Seth le apretó la mano suavemente, deseando haber podido estar allí para ayudarla.

–Tengo suerte de estar viva. Aquel día, cuando

mis compañeras me miraron de ese modo intenté correr a esconderme en el vestuario, pero mi cuerpo estaba sin fuerzas y me desplomé allí mismo –Alexa bajó–. Tuve un paro cardíaco.

Seth le apretó la mano de nuevo.

–Suerte que nuestro entrenador sabía cómo se hacía la reanimación cardiopulmonar –dijo ella medio en broma, pero pronto la risa murió en sus labios–. Fue entonces cuando mis padres y yo tuvimos que enfrentarnos al hecho de que tenía un serio trastorno alimentario –se echó hacia atrás en su asiento–. Me pasé el siguiente año en un centro de recuperación para bulímicas y anoréxicas –se peinó el cabello con mano temblorosa–. Pesaba poco más de cuarenta kilos cuando ingresé.

Seth no habría imaginado jamás que Alexa hubiera podido pasar por algo tan terrible. Se le hizo un nudo en la garganta de sólo pensar en ello.

–Lo siento mucho; debió ser muy duro para ti.

Ella asintió.

–Gracias a Dios lo superé, por completo. Lo único que me queda de aquello son las estrías que me produjo el perder y ganar peso.

–¿Por eso prefieres hacer el amor con las luces apagadas?

Alexa asintió de nuevo.

–No me sentía preparada para contarte esto, aunque supongo que es una tontería. Esas marcas son el recuerdo de que logré superar aquello –tomó un sorbo de su vaso de agua–, el año que estuve internada no pude hacer fiestas de pijama con mis amigas, como otras chicas, ni tener una de esas citas con un chico en las que te lleva a casa en su coche, y te quedas allí sentada, besándote con él. Ni tampoco pude ir al baile de graduación.

–¿Y qué pasó cuando terminaste el instituto?

–Mi padre pagó para que pudiera ir a la universidad a la que querían que fuera, y me casé con el hombre que ellos querían –respondió Alexa–. A-1, mi pequeña empresa, es lo primero que he hecho por mí misma.

La admiración que Seth ya sentía por ella aumentaba cada vez más. Alexa había sido capaz de romper esas cadenas de dependencia que la ataban a sus padres y de forjar su propio destino. Apartarse de su familia debía haber sido muy duro para ella, por tirante que hubiese sido su relación con ellos. Había huido de la clase de mundo que parecía estar sofocando a Pippa.

–Pero tampoco quiero que pienses que me siento desgraciada –le dijo Alexa–. Las cosas que lamento haberme perdido... me he hecho a la idea de que tengo que aceptar que no puedo tenerlas, que no puedo volver atrás y cambiar cómo fue mi adolescencia. Tengo que aceptarlo y seguir adelante.

La tristeza en su voz, a pesar de que decía que no se sentía desgraciada, hizo que Seth sintiera deseos de hacer algo por ella. De darle esas cosas que sus padres le habían robado al intentar hacer de ella la clase de hija que querían que fuera. No podía cambiar el pasado, pero quizá pudiera darle alguna de esas cosas que se le habían negado.

Capítulo Nueve

Alexa se soltó el cabello, dejando que el viento se lo despeinara mientras avanzaban por la carretera de la costa en el descapotable rojo que Seth había alquilado, un Chevy Caprice de 1975. Le encantaba, igual que el restaurante que había escogido.

Giró la cabeza y estudió a Seth, que iba muy serio y callado al volante. ¿Qué habría pensado de las revelaciones que le había hecho durante el almuerzo? Se había mostrado muy tierno con ella, pero era evidente que aún estaba dándole vueltas a lo que le había contado, y no podía evitar sentirse nerviosa por cómo la trataría a partir de ese momento. ¿Se comportaría de un modo distinto? ¿Querría replantearse su decisión de darle una oportunidad a lo suyo?

—¿Dónde vamos? —le preguntó extrañada—. Creía que el aeropuerto estaba en la dirección contraria.

—Y lo está. He pensado que podríamos aprovechar el resto del día antes de irnos —respondió él, señalando un faro de ladrillo en la distancia—. Vamos allí, a aquel promontorio.

El viejo faro se alzaba orgulloso sobre la verde colina. Alexa se imaginó llevando allí de *picnic* a los niños, como lo habían hecho días atrás en aquel parque histórico de San Agustín.

–Este sitio es precioso –murmuró–. No sabía que los paisajes en Carolina del Norte fueran tan bonitos.

–Pensé que te gustaría si no habías estado antes. Creo que eres de esas personas que aprecian lo exclusivo, de las que prefieren tomar el camino menos transitado.

–Tanto con el sitio como con el coche me encantan.

El que la conociera ya tan bien y el que hubiera sido tan detallista con ella hizo que el corazón le palpitara con fuerza. La serpenteante carretera los llevó hacia la colina, lejos del pueblo, lejos de todo, y de pronto, cuando Seth detuvo el coche junto al faro, comprendió.

–Me has traído aquí para besarme en el coche, ¿verdad?

Él se rió.

–Así es, me declaro culpable, señoría.

–Por lo que dije en el restaurante de que no había podido tener un novio ni besarme con él en su coche… –murmuró ella conmovida.

–Culpable de todos los cargos –respondió él–. Me gustan los sitios solitarios como éste, con la naturaleza en estado puro. Da una sensación… liberadora el dejar atrás la civilización, ¿no te parece? –se quedaron los dos en silencio, mirándose el uno al otro, y la fuerte atracción que había entre ellos tejió una vez más su magia, aislándolos del mundo–. Cuando veo cómo el viento levanta tu cabello me entran ganas de tocarlo –murmuró él tomando un mechón entre sus dedos–; me hipnotizas. Antes de este fin de semana hacía ya seis meses que llevaba una vida de celibato. Han pasado varias mujeres atractivas por mi vida, pero ninguna me había tentado como tú. ¿Te han dicho alguna vez lo hermosa que eres?

Alexa se sentía halagada, pero no estaba acostumbrada a que le dijeran cosas así, y sintió que las mejillas se le teñían de rubor.

–No es verdad, yo no...

Seth le impuso silencio acercando un dedo a sus labios.

–Cuando te toco –murmuró bajándole los tirantes del vestido al tiempo que le acariciaba los brazos– me excita la suavidad de tu piel, las curvas tan femeninas que tienes...

Le bajó un poco el cuerpo del vestido, dejando al descubierto parte de su pecho, y Alexa sintió que un cosquilleo de nerviosismo y excitación la invadía al comprender cuáles eran sus intenciones.

–¿Vamos a hacer el amor aquí?

–¿Creías que eras la única a la que le gusta hacerlo al aire libre?

–Pero era de noche, donde nadie podía vernos –replicó ella.

El nerviosismo de Alexa iba en aumento. Allí no había una lámpara que pudiese apagar. Aunque le había dicho a Seth que había superado sus problemas, no era cierto del todo. Hasta ese momento, de una manera u otra, había tenido bajo control la situación cuando habían hecho el amor, pero hacerlo en aquel lugar, a plena luz del día...

Seth tomó su rostro entre ambas manos.

–He escogido este lugar porque sabía que estaríamos completamente a solas –le dijo.

A solas, sí, pero su cuerpo quedaría completamente expuesto cuando estuviese desnuda, pensó ella. Seth le estaba pidiendo que confiara en él. Bajó la vista y deslizó un dedo por la hebilla del cinturón.

–Así que quieres hacerlo aquí, a plena luz del día... Bueno, parece que aquí no puedo correr las cortinas, ¿no?

–¿Quieres protector solar? –bromeó él.

Ella enarcó una ceja y le desabrochó el cinturón.

–¿Piensas tenerme desnuda tanto tiempo como para que me queme? Me parece que estás siendo un poco fanfarrón.

Alexa se inclinó hacia él y murmuró contra sus labios.

–Sí, confío en ti.

Seth la besó. ¿Por qué besaría tan bien? Desde luego sabía cómo hacer que una mujer se sintiese deseada. Alexa se echó hacia atrás y acabó de bajarse lentamente el vestido, descubriendo su cuerpo centímetro a centímetro, casi como había hecho cuando se había desnudado para ella la primera vez que lo habían hecho. En cierto modo aquélla también era una primera vez para ellos; la primera vez que lo hacían sin barreras.

El cuerpo de su vestido había quedado arremolinado en torno a su cintura. Se desabrochó el sujetador, pero no apartó las copas. Al mirar a Seth a los ojos vio en ellos deseo, pasión... y ternura. Sus grandes manos empujaron suavemente las de ella, y apartó las copas, dejando al descubierto sus pechos. Luego comenzó a acariciarlos del modo más sensual posible, y Alexa se arqueó hacia él mientras sus manos se aferraban a la cinturilla de su pantalón y echaba la cabeza hacia atrás. El calor del sol sobre su piel desnuda era tan agradable como los besos y las caricias de Seth.

Luego las manos de Seth tomaron el dobladillo de la falda y la levantó muy despacio hasta dejar al descubierto las braguitas amarillas de encaje que llevaba y el ombligo. No pudo resistirse a acariciarlo mientras la besaba, y cuando deslizó un dedo dentro de sus braguitas, entre sus piernas, la encontró húmeda y dispuesta.

Alexa se notaba temblorosa, pero Seth le pasó un brazo por la cintura para sujetarla. Ella le desabrochó la camisa, la abrió, y se regaló la vista con su torso bronceado antes de recorrerlo con sus manos.

Inspiró profundamente, y sus fosas nasales se llenaron con el aroma del mar y del cuero de la tapicería del coche. Aquella mezcla era como un potente afrodisíaco.

—Quizá deberíamos pasarnos atrás para tener más sitio —apuntó.

—O podríamos quedarnos aquí y dejar el asiento de atrás para luego —propuso él.

A Alexa le pareció una buena idea y casi ronroneó cuando le pasó una pierna por encima para colocarse a horcajadas sobre él. El volante detrás de ella no hacía sino mantenerla apretada contra él. Le desabrochó los pantalones, y como por arte de magia apareció un preservativo en la mano de Seth. No sabía cómo ni cuándo había llegado allí, pero tampoco le importaba. Tan sólo se sentía agradecida por que fuera tan previsor.

Le rodeó el cuello con los brazos, y Seth le puso las manos en la cintura para hacerla descender muy despacio sobre él. Alexa sintió cómo su miembro la penetraba y se movía dentro de ella. ¿O era ella la que se estaba moviendo? Fuera como fuera las deliciosas sensaciones que la sacudían, como las olas del mar, iban *in crescendo*. Era todo tan erótico: el blando cuero del asiento que cedía bajo el peso de sus rodillas, el roce de los pantalones de Seth bajo sus muslos...

Y luego estaba el impresionante paisaje que los rodeaba, el océano extendiéndose ante sus ojos, el cielo azul...

Seth enredó las manos en sus cabellos mientras le decía jadeante cuánto la deseaba. Sus palabras la excitaron aún más, y Alexa se dio cuenta de que ya no le importaba si tenía o no el control. Estaban compartiendo aquel momento, aquella experiencia tan increíble. Pronto, demasiado pronto, alcanzó el clímax y a su grito de placer le siguió el de él. El eco entrelazó sus voces en medio del rugir del océano, y Alexa se derrumbó sobre el pecho de él, los dos sudorosos y sin aliento. Perfecto... había sido perfecto, se dijo Alexa cerrando los ojos.

Seth aceleró los motores del Cessna, y el aeroplano avanzó por la superficie del agua más y más rápido hasta que finalmente se elevaron.

Le habría encantado poder pasar unos días más

con Alexa allí, en Carolina del Norte, y volver a hacer el amor con ella en aquel descapotable, pero no había tiempo.

Tenía que reunirse con Pippa al día siguiente para acordar el nuevo calendario de visitas. Cada vez que tenían una de esas negociaciones con sus abogados lo pasaba fatal. Le preocupaba que Pippa sacara a relucir sus dudas de que no fuera el padre biológico de los niños y que le pidiera que se hiciese una prueba de paternidad. Quería a Owen y a Olivia con toda su alma, y lo aterraba que resultase no ser el padre y le retirasen la custodia.

¿Por qué no podía ser la vida más sencilla? Lo único que quería era disfrutar viendo crecer a sus hijos, como cualquier padre. Igual que su prima Paige estaba haciendo con sus hijas. Igual que su primo Vic y su esposa Claire, que acababan de tener otro hijo. Aquello le recordó que ni siquiera los había llamado para felicitarlos. Tenía que pasarse a visitarlos.

Y también tendría que presentarle al resto de la familia a Alexa. La familia era muy importante para él.

—Me cuesta creer todo lo que hemos hecho desde esta mañana. Nos levantamos en Florida, volamos hasta Carolina del Sur, fuimos a Carolina del Norte a almorzar, y ahora volvemos a casa de nuevo.

—Y aún te debo una cena, aunque me parece que vamos a cenar un poco tarde.

—¿Podemos tomarla desnudos?

—Siempre y cuando estemos a solas, por mí perfecto.

Alexa se rió.

–Pues claro que me refería a cenar a solas. No puedo negar que me ha encantado hacerlo en el descapotable, pero no soy una exhibicionista.

–Me alegra oír eso –respondió él mirándola de un modo posesivo–, porque nunca se me ha dado bien compartir con otros lo que me gusta.

Alexa bajó la vista a la falda de su vestido y la alisó con la mano.

–Te agradezco que no me miraras como a un bicho raro cuando te hice esa confidencia en el restaurante.

–¿Cómo iba a mirarte como un bicho raro? Te admiro por cómo fuiste capaz de levantarte y devolverle a la vida los golpes después de lo que pasaste –replicó él.

–Gracias. No pienso dejar que nadie más me quite nada más, ni mis padres, ni mi ex.

–Ésa es exactamente la actitud a la que me refería.

–Ya, aunque aún hay veces que tengo miedo de volver a caer –dijo ella volviendo la cabeza hacia él–. No te imaginas el poder que puede tener sobre ti algo tan insignificante como un trozo de tarta de queso. Supongo que sonará raro, pero es verdad.

–Explícamelo –le pidió él.

Alexa miró al frente, al cielo cuajado de estrellas.

–A veces, cuando tengo delante un trozo de tarta de queso lo miro y recuerdo lo que era cuando me moría por comerme uno pero empezaba a pensar cuántas calorías había tomado ya ese día, y cuántos largos tendría que hacer en la piscina para quemar las calorías de ese trozo de tarta. Y luego pensaba en lo decepcionada que se sentiría mi madre si me subía a la báscula la mañana siguiente y veía que había engordado quinientos gramos.

¿Qué? ¿Su madre la pesaba cada mañana? Se esforzó por escucharla sin dejar entrever sus emociones, aunque en realidad lo que quería hacer en ese momento era ir donde estaban sus padres y... Ni siquiera sabía lo que les haría. ¿Cómo habían podido hacerle aquello?

–Ojalá te hubiera conocido entonces para haber podido ayudarte.

Ella esbozó una débil sonrisa, puso una mano sobre su brazo y se lo apretó suavemente para darle las gracias.

De pronto a Seth se le ocurrió dónde podía llevar a Alexa.

–¿Sabes qué? –le dijo–. Creo que vamos a hacer otra parada antes de que te lleve a casa.

De todos los sitios a los que Alexa había pensado que Seth podría llevarla, el último que se le habría ocurrido era un hospital.

Cuando aterrizaron Seth le dijo que quería ir a ver al hijo recién nacido de su primo Vic. A Alexa se le había subido el corazón a la garganta al oír eso. ¡Un recién nacido!

Se notó las manos frías y sudorosas cuando se frotó los brazos con ellas. ¿Le estaba entrando pánico porque iban a ver a un recién nacido, o porque los hospitales le recordaban a la clínica en la que había estado ingresada? En ese momento tenía las emociones tan a flor de piel que no habría sabido responder a esa pregunta.

Se estaba comportando como una tonta. Ella ni siquiera iba a entrar; entraría Seth solo y ella se quedaría esperándolo. Además probablemente no estarían allí mucho tiempo, y en cuanto estuvieran fuera del edificio sus fosas nasales quedarían libres de ese penetrante olor a antiséptico que flotaba en el ambiente.

Tal y como pensó Seth le dijo que iba a pasar a ver a la esposa de su primo, y la dejó frente al cristal de la sala nido. Al bebé de Vic y Claire apenas se lo veía debajo de la mantita que lo cubría y el gorrito de rayas azules y amarillas que llevaba en la cabeza, pero desde luego era el más grande de todos. Había pesado casi cinco kilos, según le había dicho Seth.

Una mujer rubia, de unos treinta años, se acercó también al cristal, y Alexa se movió un poco para hacerle sitio.

–Es guapo, ¿eh? –dijo señalando hacia el bebé de Vic y Claire–. Y todo ese pelo rubio que tiene...

Alexa ladeó la cabeza.

–¿Nos conocemos?

La mujer sonrió, y de pronto Alexa reconoció el parecido con Seth en sus facciones. Debía ser...

–Soy Paige, la prima de Seth –dijo la mujer, confirmando su deducción. Te vi hablando con él cuando estaba sacando un café de la máquina. Mi hermano Vic es el padre del bebé.

Una cosa habría sido que Seth la hubiera presentado a su familia, pero aquello resultaba, cuando menos, bastante incómodo.

–Ah, felicidades por tu nuevo sobrino, entonces.

–Gracias. Tenemos mucho que celebrar. Espero que vengas a la próxima reunión familiar –le dijo Paige mirándola a los ojos–. ¿Qué tal el viaje con Seth y los niños? Son una monada, pero de vez en cuando también pueden ser un poco traviesos.

¿Seth la había hablado a su familia de ella?

–Sí, bien, aunque una siempre se alegra de volver a casa, claro –respondió–. Y los gemelos ya están otra vez con su madre.

Paige asintió.

–Ya. Pippa es… –exhaló un suspiro–. En fin, Pippa es Pippa, y claro, es su madre. Seth es un padre estupendo, y se merece tener a una buena mujer a su lado que lo quiera más que… en fin, ya sabes.

A Alexa le parecía que no deberían estar hablando de aquello sin que Seth estuviera delante.

–Bueno, yo no creo que esté en posición de juzgar…

Paige se giró hacia ella y se quedó mirándola de un modo casi agresivo, como una leona que protege a sus cachorros.

–Sólo te estoy pidiendo que te portes bien con mi primo. Pippa le hizo mucho daño, y hay días en que me gustaría ir y ponerla verde, pero no lo hago porque quiero a esos niños, sean o no de nuestra sangre. Pero no querría ver que alguien vuelve a traicionarlo, así que por favor, si no vas en serio con él, te pediría que te alejaras lo antes posible de él.

¡Vaya! Alexa no se había esperado aquello.

–No sé qué decir, excepto que creo que la lealtad que tienes hacia tu familia me parece admirable –murmuró.

Paige se mordió el labio, como avergonzada.

–Lo siento –se disculpó–. Debería cerrar la boca; estoy hablando de más y seguramente te estaré pareciendo muy grosera. Perdona, deben ser las hormonas: estoy embarazada. Además, es que me pongo furiosa cada vez que pienso en cómo utilizó Pippa a Seth... y en cómo lo sigue utilizando –se le saltaron las lágrimas–. ¿Ves?

Paige sacó un pañuelo y se alejó, dejando a Alexa patidifusa y confundida, pensando en lo que había dicho sobre que los niños fueran o no de su sangre. ¿Qué diablos...? ¿Significaba eso que Pippa había engañado a Seth?

Pero si él había dicho que se habían divorciado antes incluso de que los gemelos naciesen... En fin, no era que una mujer embarazada no pudiese tener una aventura, aunque no podía imaginar... A menos que Pippa lo hubiese engañado antes de que se casasen y él no se hubiera enterado hasta más tarde.

La asaltó la horrible posibilidad de que los gemelos no fuesen en realidad hijos de Seth. No, era imposible. Si así fuera Seth se lo habría dicho. Además, aunque antes de conocerlo había dado por hecho que debía ser como todos esos ricos que no se preocupaban en lo más mínimo por sus hijos, había visto con sus propios ojos cómo los quería, y que trataba de pasar con ellos todo el tiempo que podía.

Además, si lo que sospechaba fuese cierto, ¿por qué no se lo iba a haber dicho? Bueno, no se conocían de hacía tanto, pero ella le había contado todo sobre su pasado. ¿Podía haberle estado ocultando él algo tan importante? Quería pensar que había malinterpretado las palabras de Paige.

En vez de elucubrar, lo mejor sería que le preguntase a Seth cuando encontrase el momento para hacerlo. Probablemente se reirían por cómo había saltado a esas conclusiones.

Sus ojos se posaron en una familia que había en el otro extremo, mirando por el cristal de la sala nido. Había un abuelo y una abuela, con sus dos nietos en brazos para que vieran a su nuevo hermanito. Los vínculos familiares eran algo que no se rompía fácilmente.

Lo había visto esa mañana, cuando había visto a Seth hablando por el ordenador con Pippa acerca de sus hijos. Sí, se había abierto una brecha entre ellos, pero aquello que los unía no se había roto del todo, y había notado incluso una cierta ternura. Si de verdad ella le había sido infiel y Seth seguía tratándola con cariño a pesar de todo… Alexa se quedó pensativa. Daba la impresión de que había asuntos pendientes entre ellos que no habían resuelto.

Puso una mano en el cristal, sintiendo que la melancolía la invadía. Le habría gustado tanto que su familia hubiese sido una familia de verdad… Le gustaría tanto formar su propia familia… Sabía lo que era sentirse como una extraña, alienada, y no quería seguir sintiéndose así.

Capítulo Diez

Seth quería a Alexa en su cama pero también en su vida. Cuando la llevaba en coche a su casa, un apartamento en el centro de Charleston, después de ir a ver a su nuevo sobrino, no podía dejar de pensar en lo bien que se sentía con ella sentada a su lado en el coche en ese momento.

Esperaba poder persuadirla para que, cuando llegaran, metiera algo de ropa en una bolsa de viaje y se fuera con él a su casa.

La miró de reojo. Alexa iba con la cabeza apoyada en la ventanilla, y de repente parecía muy seria.

–Dime, ¿en qué piensas? –le preguntó preocupado.

Alexa sacudió la cabeza ligeramente, pero no se giró hacia él. Simplemente siguió con la vista fija en la ventanilla, aunque tenía la mirada perdida. Abrazó el bolso contra su pecho, y se oyó crujir dentro la carpeta que él le había dado.

–En nada –murmuró.

–Sea lo que sea quiero saberlo –le dijo Seth–; no me creo que no sea nada.

–Los dos estamos cansados –contestó ella, bajando la vista–. Todo esto va muy rápido; necesito un poco de tiempo para pensar.

Seth no podía creerse lo que estaba oyendo. Esa mañana Alexa le había preguntado si estaba intentando zafarse de ella, y en ese momento tenía la sensación de que eso era precisamente lo que ella estaba haciendo.

−¿Estás dando marcha atrás?
−Tal vez −admitió ella.
−¿Por qué? −quiso saber él.
−Seth, me he esforzado mucho para recomponer mi vida; dos veces: una cuando era una adolescente, y otra después de mi divorcio. El salir victoriosa de esas dos batallas me hizo más fuerte, pero todavía siento que tengo que tener mucho cuidado para no volver a poner a poner en peligro mi autoestima.

¿Qué diablos...? No debería estar teniendo aquella conversación con ella cuando iba conduciendo, se dijo Seth. Necesitaba mirar a Alexa a la cara y poder centrar en ella toda su atención. Vio un local de comida rápida un poco más adelante y se salió de la carretera cruzando por dos carriles e ignorando las pitadas de los otros conductores. Estacionó el coche en el aparcamiento del restaurante, y se volvió hacia Alexa apoyando el brazo en el volante.

−A ver si lo he entendido: ¿me estás diciendo que me consideras peligroso para tu autoestima? ¿Qué he hecho yo para que te sientas amenazada?

−Nuestra relación es... quiero decir... −balbució ella−. No lo sé, tengo miedo. Tal vez nos estemos equivocando; puede que lo nuestro no salga bien.

Seth bajó el brazo del volante y tomó la mano de Alexa entre las suyas.

−Toda relación conlleva riesgos −le dijo−, pero yo siento que hay algo especial entre nosotros.

–Yo… me siento confusa. Esta tarde… esta tarde me he abierto a ti como no lo había hecho nunca con nadie –murmuró Alexa. Seth notaba su mano fría entre las suyas–. Pero una relación tiene que ser como una carretera de dos direcciones. ¿Acaso puedes negar que no te estás dando por completo?

¿Que no se estaba dando por completo? ¿Qué más quería de él?

–No entiendo de qué me hablas.

–Tienes dudas respecto a nosotros como pareja –afirmó ella.

–Yo no… eso no es así… No puedo estar seguro al cien por cien de que todo va a salir bien, por supuesto, ¿pero quién podría estarlo? No sé, ¿habría sido mejor que nos hubiéramos conocido dentro de un año? Sí, claro que sí, pero…

–¿Por qué? –lo interrumpió ella.

Maldita sea, estaba cansado y lo único que quería era llevarse a Alexa con él a su casa y dormir toda la noche con ella entre sus brazos. Aquélla no era la conversación que quería tener en ese momento. De hecho, preferiría no tenerla nunca.

–Porque dentro de un año mi divorcio no estaría tan reciente, igual que el tuyo. Mis hijos serían un año más mayores, tu negocio estaría más establecido… ¿No te parece que habría sido un momento mucho mejor para los dos?

Alexa sacudió la cabeza lentamente.

–Sabes el motivo de mis inseguridades; he sido completamente sincera contigo, y creía que tú lo habías sido conmigo también.

Seth frunció el ceño. ¿De qué estaba hablando?

—Tu prima Paige me contó lo de Pippa, que te había engañado. Entiendo que eso te haya hecho volverte receloso, pero me habría ayudado saberlo antes.

Seth se sintió como si tuviera un enjambre de abejas furiosas dentro de la cabeza, sólo que el que estaba furioso era él.

—Paige no tenía ningún derecho a contarte eso —soltó la mano de Alexa.

—No le eches la culpa. Ella creía que yo ya lo sabía.

—¿Y en qué momento se suponía que debía haberte contado eso? No es algo que salga así como así en una conversación. «Oye, ¿sabes qué? Resulta que mi ex no está segura de si los niños son míos o no». ¿Esperabas que te dijera eso? —le espetó Seth apretando los puños—. Pues ya que tanto te interesa saberlo, no me enteré de que me había estado engañando hasta después de casarnos —apretó la mandíbula—. Y ahora dime: ¿dónde quieres ir a cenar? —masculló girándose hacia el frente.

Alexa palideció, y una ola de compasión la invadió.

—Seth, yo… lo siento tanto…

—Soy su padre; me da igual lo que diga mi ex —gruñó Seth, pegándole un puñetazo al volante—. Quiero a mis hijos… —dijo, y se le quebró la voz.

—Lo sé —murmuró ella.

—Me da igual que lleven mi sangre o no —dijo Seth con pasión, volviéndose hacia ella—. Son míos —añadió golpeándose el pecho.

Alexa vaciló antes de preguntarle:

—¿Te has hecho una prueba de paternidad? Se parecen mucho a ti.

Seth la miró furibundo. No necesitaba ninguna prueba; quería a esos niños.

—No te metas; esto no es asunto tuyo.

Los ojos azules de Alexa se llenaron de lágrimas.

—¿Lo ves? A eso me refería: los dos arrastramos problemas, pero yo estoy dispuesta a mirar de frente a los míos y tú en cambio no.

—Por amor de Dios, Alexa. Apenas hace una semana que nos conocemos, ¿y ya esperas que te cuente algo así?

—¿Acaso piensas que voy a ir contándolo por ahí? Porque si es así, es que no me conoces en absoluto —le espetó ella—. ¿Sabes qué? Tienes toda la razón. Esto es un error; es un mal momento para ambos empezar una relación.

Seth no se esperaba aquello.

—No hay nada que podamos hacer respecto a eso.

—Precisamente. Quiero que me lleves a casa y no quiero volver a saber nada de ti.

¿Así iba a acabar todo? ¿A pesar de la química que había entre ellos y de todo lo que habían compartido en esos días iba a cerrarle la puerta en las narices?

—Maldita sea, Alexa, la vida no es perfecta. Yo no soy perfecto ni espero de ti tampoco que lo seas. No se trata de todo o nada.

Ella se mordió el labio, y Seth creyó que tal vez aquello la hubiera hecho recapacitar, pero Alexa giró la cabeza hacia la ventanilla de nuevo y no le contestó.

—¿Qué es lo que quieres de mí, Alexa?

Ella se volvió hacia él con los ojos nublados por el dolor y las lágrimas.

—Lo que te he dicho: necesito tiempo.

Cerró la boca y giró de nuevo la cabeza hacia la ventanilla. Seth esperó un buen rato, pero parecía negarse a mirarlo. Suspiró para sus adentros, arrancó el motor de nuevo.

Hicieron el resto del trayecto en silencio, cada uno en sus pensamientos. ¿Cómo podía ser que de pronto todo se hubiera ido al traste?, se preguntó Seth. De acuerdo, no le había dicho que Pippa lo había engañado, pero antes o después lo habría hecho.

Cuando detuvo el coche frente al bloque de Alexa, ella no le dio opción a decir nada.

—Adiós, Seth —murmuró.

Se bajó y echó a correr hacia el portal. Seth hizo ademán de seguirla, pero para cuando salió del coche y rodeó ella ya había entrado en el edificio.

Se sentía tremendamente frustrado cuando volvió a sentarse al volante. No comprendía por qué de repente Alexa se estaba comportando de esa manera. Había estado apretando su bolso durante todo el trayecto como si estuviese ansiosa por bajarse del coche y perderlo de vista. Debía haber estrujado por completo la carpeta que le había dado.

Un feo y oscuro pensamiento cruzó por su mente. ¿Y si Alexa sólo había querido aquellos contactos, y ahora que ya los tenía estaba buscando la manera de zafarse de él? Lo había utilizado, se dijo, igual que Pippa.

Sin embargo, desechó aquel pensamiento de inmediato. Alexa no era como Pippa. Procedían de entornos similares, sí, pero Alexa se había liberado de las cadenas que la sofocaban, que hacían de ella una persona dependiente. Estaba abriéndose camino en el mundo a base de honradez y trabajo, y había sido sincera con él desde el principio.

De hecho, tenía razón en que era él quien no se había abierto del todo. Echó la cabeza hacia atrás, golpeándose contra el respaldo del asiento. Arrastraba tanto malestar por lo que le había hecho Pippa, que sentía aquello como un fracaso personal. Pensándolo bien, sentía celos en cierto modo de otras parejas que sí eran felices, como sus primos, y quizá fuera ése el motivo por el que de un tiempo a esa parte no tenía mucho trato con ellos. Sí, se había mudado a Charleston para estar más cerca de ellos, pero no se había abierto a ellos, sino que había construido un muro que lo separaba del mundo. No estaba siendo justo con sus primos, ni tampoco con Alexa.

¿Qué podía hacer? Si intentaba hablar con Alexa sólo conseguiría enfadarla aún más, o peor: hacerla llorar. No, tenía que esperar a que se calmase, y luego tendría que intentar acercase a ella con algo más que palabras. Tenía que demostrarle con hechos lo especial que era para él, lo importante que era para él, cuánto la amaba.

Amor… Aquella palabra flotó en su mente hasta posarse con firmeza. Sí, claro que la amaba, y ella merecía saberlo.

Pero… ¿y si a pesar de todo seguía sin querer saber nada de él? Entonces tendría que esforzarse más. Creía en lo que habían compartido en esos días, y si nunca se había rendido en lo profesional, por mucho que la gente había intentado hacerle renunciar a sus sueños, ¿por qué iba a hacerlo en lo personal? Estaba decidido a ganarse el corazón de Alexa.

Desde que creara su propia empresa de limpieza de aviones privados, Alexa Randall había encontrado un sinfín de objetos que la gente se dejaba olvidados, y había de todo. La mayoría de las veces eran cosas como por ejemplo un *smartphone*, una *tablet*, una carpeta, un reloj… Siempre se aseguraba de hacérselos llegar a su dueño. Pero también había encontrado cosas más comprometidas, como unas braguitas, unos boxers, y hasta algún juguete erótico. Todas esas cosas las recogía con unos guantes de látex y las tiraba a la basura.

Sin embargo, el chupete que se encontró ese día junto a un asiento le recordó a los dos gemelos que se había encontrado en el avión de Seth hacía ya casi dos semanas. Sintió una punzada en el pecho al pensar en ellos y en su padre y los ojos se le llenaron de lágrimas.

Bien sabía Dios que había llorado más que suficiente desde aquella noche en la que había salido corriendo del coche de Seth tras la horrible discusión que habían tenido. Aquello era más doloroso que cuando se había divorciado de Travis. De hecho, el fin de su matrimonio había sido un alivio. El perder a Seth, en cambio, la había dejado destrozada. No podía negar que lo amaba, muchísimo, y él la había dejado marchar.

Casi había esperado que la siguiera o que hiciera algo típico, como mandarle montones de ramos de flores, cada uno con una nota de disculpa. Pero no había hecho nada de eso; había permanecido en silencio. ¿Lo habría hecho para darle tiempo, como ella le había pedido? ¿O simplemente se había alejado de ella?

Claro que en los últimos días no había hecho más que pensar que se había comportado de un modo ridículo. Le había dicho a Seth que ahora era más fuerte, pero la verdadera fuerza interior de una persona no estaba en discutir y marcharse enfadada. No, una persona fuerte lucharía, se comprometería, y encontraría una solución justa para ambas partes.

Además, ¿qué derecho tenía a condenarlo por que no le hubiese contado de inmediato todos sus secretos? No había sido justa. Sí, Seth no se había abierto del todo, pero había sido honrado con ella y todo lo que le había prometido lo había cumplido. ¿Por qué no se habría dado cuenta de aquello hacía unos días? Podría haberse ahorrado tanto dolor...

Probablemente porque había escondido la cabeza en la arena, como las avestruces, se había hinchado a llorar, y se había volcado en el papeleo de la oficina para no pensar.

Paseó la mirada por el interior del lujoso avión privado del senador Landis, en el aeropuerto de Charleston, y luego bajó la vista de nuevo al chupete en su mano. Se preguntó cómo estarían Owen y Olivia. Los echaba mucho de menos.

Había sido a sí misma a quien había hecho más daño con su actitud, se dijo, sintiendo que los ojos se le llenaban de lágrimas de nuevo. Suspiró y arrojó el chupete en la bolsa de la basura. Luego, con un paño húmedo frotó el cristal de una de las ventanillas hasta dejarlo perfecto. Ojalá los problemas en la vida pudiesen solucionarse con tanta facilidad, se dijo.

Pero luego se quedó pensando, y recordó algo que le había dicho Seth sobre que, aunque aquel no fuera el momento adecuado, nada en la vida era perfecto. Él no esperaba que ella fuera perfecta y...

De pronto un alboroto fuera interrumpió sus pensamientos. Extrañada, se dirigió hacia la puerta del avión mientras escuchaba fragmentos de conversaciones de la gente.

–¿Qué es eso?
–¿Habéis visto ese avión?
–Creo que es un Thunderbolt P-47...
–¿Eres capaz de leer lo pone?
–Me preguntó quién será esa Alexa...

¿Alexa? ¿Un avión? Una esperanza que no se atrevía a albergar acudió a su mente, y sintió que un cosquilleo nervioso recorría su piel. Cuando salió a la puerta se detuvo en lo alto de la escalerilla metálica y se hizo visera con la mano para mirar al cielo, como todo el personal de mantenimiento del aeropuerto que andaba por allí y señalaba hacia arriba, hablando entre ellos.

Un avión de la Segunda Guerra Mundial volaba bajo por encima de ellos, un avión que le recordaba a uno que había visto en el hangar de Seth, y detrás de él ondeaba una pancarta que decía en letras mayúsculas: «¡Te quiero, Alexa Randall!».

A Alexa se le cortó el aliento y bajó lentamente los escalones mientras releía el mensaje. Para cuando pisó el asfalto, su mente por fin lo había procesado. Seth estaba intentando volver a ganársela. A pesar de que no estaba en el momento adecuado para iniciar una relación, a pesar de los temores irracionales que ella tenía.

Seth estaba tratando de decirle que no le importaba que ella no fuera perfecta, ni que las circunstancias no fueran perfectas. A ella tampoco le importaba que él no fuera perfecto, y estaba deseando que aterrizase para poder decírselo.

El avión dio una vuelta más para que todo el aeropuerto pudiese ver la pancarta. Luego descendió, y aterrizó suavemente a sólo unos seis o siete metros de ella.

El motor se apagó, la hélice del morro comenzó a girar más despacio hasta pararse, y cuando se abrió la cabina del piloto salió Seth… su Seth.

Alexa arrojó a un lado el trapo que tenía en la mano y corrió hacia él. Seth esbozó una sonrisa enorme y le abrió los brazos. Alexa se lanzó a ellos al llegar junto a él y lo besó, allí, delante del personal de mantenimiento de los aviones, que empezaron a silbar y aplaudir cuando Seth la levantó y giró con ella en sus brazos.

Alexa, sin embargo, que era ajena a todo lo que ocurría a su alrededor, se dejó llevar por el momento y se abrazó con fuerza a Seth. Cuando sus pies volvieron a tocar el suelo todavía le daba vueltas la cabeza. Había lágrimas en los ojos, pero eran lágrimas de felicidad. ¡Qué maravilloso descubrir que el amor podía ser perfecto al aceptar las imperfecciones!

–¿Qué te parece si vamos a algún sitio donde tengamos un poco de intimidad? –le susurró Seth al oído.

–Pues resulta que estoy limpiando ese avión de ahí, y no vendrá nadie hasta al menos media hora.

Seth la alzó en volandas, en medio de otra ronda de aplausos de la gente, y echó a andar hacia el avión. Cuando entraron la dejó en el suelo, pero de inmediato volvió a estrecharla entre sus brazos. Ella se rió y le preguntó:

–¿Cómo has sabido dónde estaba?

–El senador Landis y yo somos parientes. Bueno, lejanos: su esposa es hermanastra de la esposa de mi prima –dijo él conduciéndola al sofá de cuero–. Hay unas cuantas cosas que necesitaba decirte.

¿Buenas o malas?, se preguntó ella. Seth se había puesto tan serio que no podía imaginar si serían lo uno o lo otro.

–De acuerdo, te escucho –respondió cuando se hubieron sentado.

–Me he pasado la última semana negociando con Pippa un nuevo acuerdo sobre la custodia de los gemelos –le explicó tomándola de las manos–. Ahora pasarán más tiempo conmigo, y hemos contratado a una niñera que la ayude cuando estén con ella –bajó la vista a sus manos entrelazadas–. Aún no me siento preparado para hacerme esa prueba de paternidad, y no sé si lo estaré nunca. Lo único que sé es que ese otro tipo que podría ser su padre biológico no quiere saber nada de ellos, así que por el momento quiero que las cosas sigan como están y disfrutar viéndolos crecer.

–Lo entiendo –respondió Alexa. Estaba segura que ella haría lo mismo en su lugar–. Perdona que te presionara.

Él le acarició la mejilla con los nudillos.

–Y tú perdona que no me abriera más contigo.

Alexa tomó su rostro entre ambas manos.

–Todavía no puedo creerme lo que has hecho; esa aparición estelar en avión... Estás loco, ¿lo sabías? –le dijo sonriendo.

–Estoy loco por ti –respondió él antes de besarle la palma de la mano. Le señaló el avión a través de la ventanilla–. ¿Viste mi mensaje?

–¿Cómo no iba a verlo?

–Pues es lo que siento –los ojos verde esmeralda de Seth brillaban–. Debí decirte esas palabras aquella noche, en el coche. No, antes de eso. Pero estaba tan preocupado por los niños y lo que había pasado con Pippa... Pero tengo otro mensaje más importante para ti.

Alexa le rodeó el cuello con los brazos y jugueteó con su cabello rubio.

–¿Y qué mensaje es ése?

–Cásate conmigo –le pidió Seth. Al ver que ella iba a interrumpirlo, puso las yemas de los dedos sobre sus labios y le dijo–: sé que esto quizá sea ir demasiado deprisa, sobre todo teniendo en cuenta que en otras cosas he sido bastante lento, pero si necesitas que esperemos un poco seré paciente. Tú lo mereces.

–Gracias, Seth –respondió ella. Era la primera vez en toda su vida que se sentía plenamente segura de que era una persona tan válida como cualquier otra, y que merecía ser amada. Los dos se merecían ser felices–. Yo también te quiero. Me gusta lo apasionado que eres cuando hacemos el amor, y cómo me empujas a desafiar mis miedos. Me gusta lo tierno que eres con tus hijos, y eres todo lo que podría soñar.

–Te quiero, Alexa –murmuró él acariciándole la mejilla–. Te quiero por lo cariñosa que eres con Owen y con Olivia, y quiero poder estar a tu lado cuando te exijas demasiado a ti misma, para recordarte que no es necesario que seas perfecta –añadió antes de besarla en los labios–. Me gustas tal y como eres –antes de que Alexa pudiese ponerse sensiblera, y a juzgar por las lágrimas que asomaban a sus ojos le faltaba poco, Seth se irguió y le preguntó–: ¿Nos vamos? ¿Has terminado tu trabajo aquí?

Alexa se levantó como un resorte y recogió el cubo del suelo.

–Nos vamos en cuanto tú me digas. ¿Qué tenías pensado?

–Una cita como Dios manda –respondió él–. Voy a llevarte a cenar a un sitio muy romántico –le explicó entre beso y beso–, y luego haremos el amor, y mañana tendremos otra cita... y volveremos a hacer el amor... y al día siguiente igual y...

Ella suspiró contra sus labios.

–Y nos casaremos.

–Y nos casaremos –le prometió él–. Y seremos felices y comeremos perdices.

Epílogo

Un año después

Alexa no podría haber pedido una boda más romántica. Y no fue en absoluto una boda con lujos y pompa. De hecho, Seth y ella habían optado por una boda en la playa en Charleston con toda la familia. Se había montado una plataforma con tablas de madera en la arena, sobre la cual se había colocado un pequeño altar, y dos bloques con sillas y un pasillo central adornado con lirios y palmas.

Cuando el sacerdote los proclamó marido y mujer, Seth y ella se fundieron en su primer beso como marido y mujer. El sol del atardecer le hizo pensar en el viaje de luna de miel que iban a hacer a Grecia, y en los hermosos atardeceres que compartirían allí.

Los invitados aplaudieron, y ella tomó a Olivia en brazos mientras que Seth hacía lo propio con Owen. Y entonces, los dos del brazo se volvieron y avanzaron por el pasillo central. Los rayos del sol arrancaban del mar brillantes destellos, como si estuviese formada por millones de diamantes.

Los gemelos, que ya tenían casi dos años y no paraban de hablar con su lengua de trapo, aplaudieron con los invitados, que los felicitaban a su paso.

Un poco antes de la boda Seth había ido a ver a un médico para hacerse discretamente unas pruebas de paternidad, y como Alexa había pensado desde el principio, sí eran sus hijos. El alivio que había sentido era enorme, y le había dado las gracias a Alexa por haberle dado la fuerza necesaria, con su amor, para decidirse a dar ese paso.

El mismo amor que estaban celebrando ese día. El perfume del ramo de Alexa, compuesto de lirios, rosas y orquídeas, inundaba el aire. Su vestido era blanco y de organdí, con el cuerpo entallado y finos tirantes. Y sobre sus cabezas sobrevolaba el avión de la Segunda Guerra Mundial con el que Seth se le había declarado, y que ese día llevaba una pancarta que anunciaba a todo el mundo que decía: «Felicidades, señor y señora Jansen».

También se habían levantado sobre la arena una gran carpa donde tendría lugar el banquete y tocaría una orquesta de jazz. Alexa había dejado que Paige, que se dedicaba al cátering, escogiera el menú, y les había diseñado para la ocasión un pastel de bodas precioso que tenía la forma de un castillo de arena.

Y hablando de príncipes y princesas, toda la familia real de los Medina estaba allí, y también el senador Landis y su familia.

También había un área de juegos con niñeras para que los niños estuvieran entretenidos. Para ellos había un menú especial, con magdalenas de chocolate de postre adornadas con conchas de azúcar.

Así era como debía ser, se dijo Alexa más tarde, viendo que todo el mundo estaba disfrutando con aquella sencilla y original celebración. También habían invitados a sus padres, y aunque había cosas que no se podían cambiar, en cierto modo aquello la ayudó a estar en paz consigo misma y a que cicatrizaran viejas heridas.

Seth y ella se habían pasado ese año viendo crecer su relación, fortaleciendo el vínculo que habían sentido entre ellos desde un principio. Y en lo profesional ella también se había esforzado en esos últimos doce meses por reforzar su pequeño negocio. ¿Lo que más le gustaba? Que A-1 se encargaba de la limpieza de los aviones de búsqueda y rescate de la compañía de Seth. Formaban sólo una parte pequeña de su flota, pero eran los más queridos para Seth.

Los dos estaban viviendo su sueño.

Alzó la vista hacia su flamante marido mientras abrían el baile con un vals, y se encontró con que él también estaba mirándola, con ojos llenos de amor.

—¿Está saliendo todo como tú querías? —le preguntó Seth.

Alexa jugueteó con la flor que Seth llevaba en el ojal. La floristería se había equivocado con el color al mandar las flores para los caballeros, pero a Alexa aquel error le gustó. No todo tenía por qué ser perfecto.

—Está siendo el día más maravilloso de toda mi vida —le respondió.

Y estaba segura de que cada uno de los días siguientes sería aún mejor.

Deseo

Dulces secretos
MAUREEN CHILD

Por culpa de una apuesta el magnate de la construcción Rafe King se vio obligado a trabajar como carpintero. No sospechaba que su clienta, la hermosa Katie Charles, lo haría olvidarse de su fría reputación.

El único problema era el profundo rencor que Katie les guardaba a los hombres ricos y especialmente a los de la familia King. Rafe no podía confesarle sus sentimientos sin revelar su verdadera identidad. Pero tampoco podía seguir mintiéndole y arriesgarse a perder lo que empezaba a nacer entre ambos.

Millonario de incógnito

¡YA EN TU PUNTO DE VENTA!

Acepte 2 de nuestras mejores novelas de amor GRATIS

¡Y reciba un regalo sorpresa!

Oferta especial de tiempo limitado

Rellene el cupón y envíelo a
Harlequin Reader Service®
3010 Walden Ave.
P.O. Box 1867
Buffalo, N.Y. 14240-1867

¡Sí! Por favor, envíenme 2 novelas de amor de Harlequin (1 Bianca® y 1 Deseo®) gratis, más el regalo sorpresa. Luego remítanme 4 novelas nuevas todos los meses, las cuales recibiré mucho antes de que aparezcan en librerías, y factúrenme al bajo precio de $3,24 cada una, más $0,25 por envío e impuesto de ventas, si corresponde*. Este es el precio total, y es un ahorro de casi el 20% sobre el precio de portada. !Una oferta excelente! Entiendo que el hecho de aceptar estos libros y el regalo no me obliga en forma alguna a la compra de libros adicionales. Y también que puedo devolver cualquier envío y cancelar en cualquier momento. Aún si decido no comprar ningún otro libro de Harlequin, los 2 libros gratis y el regalo sorpresa son míos para siempre.

416 LBN DU7N

Nombre y apellido	(Por favor, letra de molde)	
Dirección	Apartamento No.	
Ciudad	Estado	Zona postal

Esta oferta se limita a un pedido por hogar y no está disponible para los subscriptores actuales de Deseo® y Bianca®.
*Los términos y precios quedan sujetos a cambios sin aviso previo.
Impuestos de ventas aplican en N.Y.

SPN-03　　　　　　　　　　　　　　　　　　　　©2003 Harlequin Enterprises Limited